Grazia Deledda

Il flauto nel bosco

Texte et illustration de couverture : © domaine public
Edition : Culturea (Hérault, 34)
Contact : infos@culturea.fr
Retrouvez notre catalogue sur http://culturea.fr
Imprimé en Allemagne par Books on Demand
Design typographique : Derek Murphy
Layout : Reedsy (https://reedsy.com/)

Dépôt légal : janvier 2023
Tous droits réservés pour tous pays

ISBN : 9791041842148

POVERI

Vivevano in una grotta, come la Sacra Famiglia, padre madre bambino.

Solo che il padre era così infermo da non potersi muovere e il bambino idiota camminava carponi, brucava l'erba, mangiava la terra; e la madre provvedeva ai bisogni di tutti cogliendo erbe che parte servivano per cibo, parte per impiastri o beveraggi al marito.

Tutto questo avveniva nell'anno che corre, sull'orlo dello strascico verde di Roma ricamato dalle greche di granito dei marciapiedi che disegnano le nuove grandi strade cittadine.

Quando il padre stava un po' meglio e poteva badare al bambino, la donna veniva in città a vendere l'erba: e pareva venisse dalle praterie selvagge di un mondo ancora disabitato, talmente era timida, scarmigliata, coperta di stracci forse raccattati nei mucchi di immondezze che decorano gli angoli dei quartieri in costruzione.

Non conosceva i denari, e per dare il resto porgeva nel cavo della mano le monete spicciole che possedeva, affidandosi all'onestà di chi comprava. Fiducia spesso tradita, sia pure per un vile soldo.

Tutti del resto le volevano momentaneamente bene, per il suo viso fine di martire senza età, per la pacatezza con cui parlava della sua sorte accettandola come le erbe massacrate e vendute da lei accettavano la loro.

E tornava alla sua tana col cestino pieno di vestiti vecchi, di pezzi di pane duro, di scarpe logore: un giorno tornò con in testa un grande cappello piumato e il marito rise, con la sua bocca di cane malato; riso non di beffe ma di compiacenza, e anche il bambino rise tendendo le manine verso quel meraviglioso uccello ch'era divenuta la testa della madre.

Perché sul cumulo di miseria che seppelliva la loro umanità il fiore del bene che si volevano tremolava come sui concimai lo stelo del paleino odoroso.

La notte della befana la vecchia strega dopo il suo volo su Roma si scosse le vesti nel vento che imperversava potente e lasciò cadere sulla grotta la polvere della pestilenza che infieriva nella città.

L'uomo morì la sera dopo, sbadigliando per il gran sonno che finalmente placava il dolore delle sue ossa: e il bambino gli montò sopra, a cavallo, ridendo.

La madre non aveva neppur la forza di far cessare il triste gioco: accucciata presso le due creature parlava a entrambe sullo stesso tono, finché il bambino non le rotolò in grembo piangendo.

Lei non piangeva: pensava che si doveva seppellire il morto e non sapeva come fare, e quella preoccupazione superava ogni altra. Finché la sollevò l'idea di seppellirlo lei.

Due giorni e due notti rimase così a meditare. Il terzo si decise, poiché il cadavere cominciava già a decomporsi. Uscì e raccolse le erbe, seguita dal bambino che pareva un cagnolino terroso.

No, non le era possibile scavare la sepoltura: le mancavano gli strumenti e la forza: eppoi c'era pericolo di una contravvenzione.

Col davanti della sottana gonfio d'erba, prese il bambino in braccio e s'avviò alla città.

Incontrò un carrettiere e gli annunciò la morte del marito, forse con l'istintiva speranza che l'uomo potesse caricare sul suo carretto il cadavere e portarlo al cimitero: ma l'uomo la scansò con la frusta come una mosca e le disse di andare in questura.

La sola parola questura le diede un senso di mistero e di terrore più che la morte.

Allora batté alla prima porta che le capitò e che d'altronde conosceva bene. Era la porta di un piccolo villino dove abitava un filosofo vegetariano con la moglie laboriosa. Fu questa ad aprire, con la scopa in mano. La donna le lasciò cadere ai piedi sulla soglia il mucchio d'erbe arricciate ancora fredde di brina.

- Che modo è questo? - gridò la signora; ma i suoi occhi pietosi avevano già veduto l'aspetto stravolto della donna e la testa penzoloni del bambino. - Perché te lo porti appresso?

- Lui è morto da tre giorni. Non potevo lasciarlo con lui.

Quando la signora seppe tutto diede un grido e anche la scopa parve cadere svenuta.

Al grido venne il marito in pantofole e avvolto in una coperta fiorata come un mago d'oriente: ascoltò tranquillo la storia, poi disse alla moglie, che voleva mandarlo in giro per sistemare la faccenda:

- Fa una cosa; ci vai tu; io resto a casa e trattengo la donna.

E quando la moglie fu andata sollevò e mise a posto la scopa poi disse alla donna:

- Giacché siete qui pulite l'erba e mettetela a cuocere.

E lui se ne tornò a studiare.

La moglie sistemò il morto e i vivi: il bambino fu raccolto in un istituto per deficienti, la madre in un palazzo che ella non sapeva rassomigliare a quello delle fate perché nel crepuscolo della sua infanzia solo le caverne e i sotterranei misteriosi e il gatto mammone avevano riempito il labirinto della sua fantasia.

Questo palazzo dove si svegliò dopo lunghi viaggi confusi in tram e attraverso folle che parevano di maschere, era in realtà più bello di quello delle fate, con due ali di palme che s'aprivano sul cielo azzurro e una coda di viale dorato guizzante in un giardino fiorito: l'odore degli allori ricordava però il cimitero.

Alla donna fu assegnata una camera al secondo piano: al terzo stavano i signori, al primo ella non seppe mai cosa accadesse; e neppure del terzo sapeva niente sebbene tutte le mattine vi lucidasse i pavimenti.

Ella ci si moveva carponi come il suo bambino nel prato; e pensava sempre a lui col desiderio di riaverlo, di baciarlo sulla bocca e su tutto il piccolo corpo grassotto e tiepido.

Così, separata da lui, si sentiva sperduta nel nulla, naufraga nel luccicore di quei pavimenti gelati: non pensava che glielo avrebbero raddrizzato: l'avvenire non esisteva per lei se non fino alla domenica seguente quando l'avrebbe visitato nell'Istituto.

Vederlo! Vederlo almeno. Questo desiderio e questa certezza le davano una forza ebbra: allora lucidava e lucidava i pavimenti fino a vederci il suo viso; e nel suo viso rivedeva ancora la sua creatura e si chinava a baciarla.

La domenica però non le permisero di vederlo: aveva preso una malattia infettiva che già da tempo decimava i bambini dell'Istituto e lei dovette tornarsene a casa. Non parlò più, non mangiò più. Nel pomeriggio i servi andarono fuori. Solo il gran servo, il capo dei servi, vestito come un corvo e che del corvo aveva la faccia, passò nella solitudine del secondo piano ispezionando le vaste e grigie stanze dove di solito lavoravano gli operai che erano i visceri del palazzo e lo tenevano sano e sempre nuovo, e le cucine, i bagni, i corridoi, le sale misteriose chiuse come quella cento e una della casa dell'orco che chi l'apre ne vede il mistero e muore.

Vide da un uscio spalancato la donna seduta sul suo lettuccio, piegata su uno straccio che teneva in grembo, e le domandò se stava male.

- Voglio andar via - ella disse cercando di nascondere lo straccio che pareva una pelle di lepre.

Egli le si avvicinò allarmato.

- Perché? Che ti hanno fatto?

- Nulla. Voglio andar via.

A tutte le domande rispondeva così. All'uomo non garbava ch'ella se ne andasse: era lì per un tenue compenso e neppure un'intera agenzia per lucidare pavimenti poteva rendere come rendeva lei.

Tentò di pigliarla con le buone; le cinse le spalle, le carezzò i capelli.

- Buona, su! Se ti fanno dei torti devi dirlo a me e vedrai che tutto andrà bene. Vuoi dirmelo? - le mormorò sul viso freddo. - Vuoi darmi un bacio?

Il suo alito era caldo, la sua bocca odorava di tabacco e di carne viva: una sensualità animale sollevò le viscere della donna chiuse dalla lunga astinenza, eppure ella respinse l'uomo con tutte le sue forze servendosi dello straccio per scudo.

- Vattene via, animale, e vattene.

Allora egli tentò un altro verso.

- Forse perché il tuo bambino è malato? Guarirà. La signora andrà a vederlo, e tutto l'Istituto non avrà cura che di lui. La signora s'interessa molto al tuo bambino, e lei non ne ha. Chi sa che non lo prenda qui in casa, un giorno.

Allora la donna si drizzò sulla schiena, con gli occhi feroci.

- E non me lo ha preso già, vada a morire ammazzata lei e tutti i mortacci suoi?

E aspettò ch'egli la cacciasse via subito: egli invece se ne andò senza replicare; e lei tornò a piegarsi col viso sullo straccio ch'era un vestito del suo bambino.

Poi tentò di evadere.

Da una stanza all'altra, cautamente, lungo i corridoi grigi, per le scalette di servizio, cercò una via d'uscita. Nulla, tutto era chiuso a chiave, silenzioso, misterioso più che i sotterranei delle favole; ed ella si sbatteva contro le vetrate come la mosca prigioniera.

Forse avrebbe potuto, più tardi al ritorno dei servi; ma più tardi si accorse di essere sorvegliata e non si mosse più.

La notte fu sinistra: ella non dormiva e l'anima le rotolava dentro, su e giù, dalla testa alle ginocchia, dalle ginocchia alle viscere, al cuore, alla nuca, tentando anch'essa una via d'uscita che non trovava.

E lei sapeva il perché di tanta angoscia: il bambino moriva. Neppure il bianco sorriso dell'alba rischiarò di speranza la sua pena; neppure i rintocchi delle campane che recingevano di collane d'argento il giorno nascente. Ella non sapeva pregare e anche Dio era morto per lei.

Il gran servo non le disse che il bambino era morto, per lasciarle prima lucidare i pavimenti; poi la introdusse dalla grande padrona.

Era a letto, la grande padrona, dolce e bianca come un agnello fra l'erba e le margherite. E i profumi dei prati a primavera erano in quella camera con gli orizzonti chiari; e tutto era lucente e morbido; eppure la donna si avanzò come inciampando sui sassi, paurosa anche dei gattini di porcellana bianca, fatti di luce, che posavano maliziosi sugli spigoli del caminetto e le parevano fantasmi di gattini.

La grande padrona aveva però anche lei un aspetto strano, e stava sui guanciali di neve come fosse caduta e non potesse più sollevarsi.

- Siedi - disse alla donna che obbedì sbalordita e con l'impressione di quando si sogna ma si sa di sognare e la bellezza del sogno vela ancor più di tenebre l'angoscia della realtà.

Così la voce dolce e turbata della signora che le annunziava la morte del bambino oscurò ancora di più la sua disperazione: e i suoi occhi lo esprimevano tanto che la grande padrona si spaventò e pensò che cosa poteva offrirle.

- Senti, - le disse piano, in segreto, come ad una sua pari, - non sei tu sola a soffrire, nel mondo. Anch'io questa notte ho così sofferto per un mio dolore che mi sono dimagrita e i miei capelli sono imbiancati. Vedi, guarda, - disse piegando la testa e aprendo una via fra i capelli, - e dammi quella coppa lì, quella con gli anelli. Guarda.

Se li mise, poi scosse la mano; e infatti gli anelli con le pietre di susina, di ciliegia, di uva, cadevano dalle sue dita come frutti dal ramo.

Ma la donna non si placò.

Che le importava di tutto questo? Il suo dolore la cingeva di una corteccia così dura che neppure la gioia per il dolore altrui poteva scalfirla. Profittò piuttosto della debolezza della grande padrona per chiederle di farla uscire. E uscì facendo in modo di non essere veduta dal maledetto corvo.

Libera! Libera, con la sua infinita miseria che la trasportava quasi con un vento di gioia.

Andò subito a sbattere contro l'Istituto, vi si aggirò attorno strofinandosi ai muri, respirando l'alito che usciva da ogni fessura: quando riuscì ad entrare le dissero che il bambino era già stato portato via.

Dove cercarlo? Per un momento stette smarrita entro di sé, poi s'avviò. Sapeva bene dove cercarlo.

E si ritrovò nei prati, verso la caverna, col terrore che qualcuno all'infuori di loro l'avesse occupata.

La trovò intatta, ancora coi loro stracci, col giaciglio purificato dal gelo di quei giorni; ancora l'uccello grottesco del cappello di piume stava appollaiato su un buco del tufo.

Ella toccava ogni cosa: quando toccò una scarpetta scartocciata e terrea finalmente pianse; un pianto dapprima secco, con ululi sempre più forti che si sbattevano contro le pietre come il vento nelle notti d'inverno, poi di lagrime abbondanti sempre più silenziose che le scaldavano il viso e le si riversavano in bocca destandole un senso di voluttà. Poi uscì e cercò le erbe per andare a venderle.

Arcipelaghi di neve scintillavano e si scioglievano lentamente sui prati verdicci e il cielo li rifletteva con le sue nuvole già primaverili.

Ella uccideva le erbe col suo coltellino e di tanto in tanto per levarsi un po' d'arsura e di fame mangiava la neve che aveva il sapore e l'odore delle viole.

BRINDISI

Gl'invitati maschi erano due; un grande artista povero e uno di quelli che un tempo si chiamavano contadini poi pescicani e adesso semplicemente agrari.

Il primo ad arrivare fu quest'ultimo, pochi minuti prima dell'ora fissata per il pranzo; e non per osservanza al galateo ma perché la puntualità era la sua natura. Era in giacca, con la camicia di colore e una doppia catena d'oro con due medaglie che sulle prime destavano un senso di diffidenza ma a guardarle bene ritorcevano verso chi le guardava senza fede questo senso di diffidenza: poiché erano due medaglie al valore di guerra.

Il suo viso fece scialbi quelli delle signore invitate, tanto era roseo e fresco, rallegrato da due occhi di gatto.

La padrona di casa si alzò per riceverlo e presentarlo alle sue amiche; egli non badò neppure a questo supremo segno di deferenza e dopo essersi guardato in giro domandò dov'erano i bambini.

- Sono già a letto.

- Come? E non vengono a tavola con noi? Che allegria c'è allora?

Le signore sorrisero, ingenue e perverse; egli le guardò dall'alto, grande e maestoso come un principe, e bastò questo sguardo glauco un po' venato di rosso, per farle tornare serie e gentili.

- E che si aspetta? - domandò, alcuni minuti dopo, guardando il suo orologio.

La signora arrossì, un po' per lui ma anche perché veramente l'ora per il pranzo era passata: e si alzò e gli prese il braccio.

Attraversarono il salone, poi un altro salotto in fondo al quale la cornice dell'uscio spalancato inquadrava in una luce di santuario lo sfondo della sala da pranzo: la tavola era coperta di rose, moltiplicate fantasticamente dal riflesso dei cristalli e delle argenterie: tanto che l'uomo in giacca disse:

- Sembra un altarino.

E mentre le signore complimentavano la padrona di casa per tanta bellezza egli sedette, ancora prima di loro, si mise una rosa all'occhiello, la odorò, si cacciò il lembo della salvietta nel davanti del colletto e sorrise a qualche cosa di lontano che lui solo vedeva.

Anche gli altri, al principio del pranzo, pareva pensassero un po' melanconici ai fatti loro: un senso di freddo e quasi di tristezza ondulava nell'aria.

Nel vedere che il posto a sinistra della signora restava vuoto, l'uomo domandò:

- Se il suo puttino maggiore non dorme ancora perché non lo fa alzare e venire a tavola? Si starebbe più allegri.

Allora si parlò dell'artista invano atteso.

- Chi sa se si ricorda neppure, di venire: è così distratto.

- Verrà - disse un po' rigida la signora. - Il guaio è che questa sera non corrono i tram e lui, che sta di porta, dovrà venire a piedi, poveraccio.

Il rombo di un'automobile le rispose; e subito dopo l'invitato apparve, pallido alto e sottile nel suo inappuntabile frak, con una sinistra orchidea all'occhiello.

Baciò un po' ansando la mano alla signora, domandò scusa, e preso posto, mentre si volgeva verso il vassoio che la cameriera gli offriva, disse con calma:

- Ho fatto tardi perché mi è occorsa un'avventura straordinaria.

E d'un subito tutti i volti, già rischiarati dall'arrivo di lui, s'illuminarono di curiosità, di gioia, quasi di passione.

- Sentiamo quest'avventura - disse il contadino, senza lasciargli tempo di mangiare.

Ma l'artista non si sgomentò, e neppure la padrona di casa che lo guardava di sottecchi e lo vedeva con orgoglio e piacere adoperare le posate toccandole appena con la punta delle dita pallide e fini, e mangiare con la lenta voluttà del gatto affamato, silenziosamente, odorando a volta a volta senza parerlo il cibo e le rosee il calice a metà colmo di vino dorato. Il cibo spariva dal piatto di lui come si volatizzasse, e fra un boccone e l'altro egli parlava con voce calma, lenta e musicale, quasi che invece di mangiare egli sognasse.

Nulla d'altronde di più naturale e semplice di quella voce che pareva la voce stessa della verità: eppure l'avventura da lui raccontata faceva strabiliare gl'invitati e la stessa padrona di casa che conosceva l'artista come conosceva i suoi fantasiosi bambini.

- S'immagini, signora, che ho corso rischio di morte e, peggio ancora, di essere rapito o di rapire la mia prima fidanzata adesso moglie e madre. Ma questo è nulla: adesso racconterò con ordine.

Esco dunque di casa alle sette e mezza: penso: prendo un'automobile qui sotto in piazza e in dieci minuti sono dalla mia bella e amabilissima signora. (Grazie, sussurrò lei, ironica e lusingata). Arrivo in piazza e vedo una sola automobile ferma come uno scoglio in mezzo al vento. Il conduttore dorme: io apro lo sportello e sto lì come se avessi spalancato la porta dei sogni. Una donna tutta mascherata di pellicce è rannicchiata nell'angolo: al mio urto solleva il viso e in quel viso bianco, in quei grandi occhi scuri ravviso tutto il fantasma del mio passato. È la donna che ho sempre amato e odiato, e che non rivedo da cinque lunghi anni: è lei, Vita: io la chiamavo così perché veramente per me rappresentava la vita. Cos'è infine quella che noi chiamiamo vita? Sarebbe il nulla, senza le creature che destano in noi la passione, l'esaltazione, il desiderio di divenire grandi e immortali per attrarre loro nella nostra orbita e possederle in questa e nella vita dell'infinito. Io ho amato questa che chiamo Vita con la prima percezione della mia vita stessa. Il più lontano dei miei ricordi risale a lei: forse io avevo un anno e lei anche: giocavamo su un tappeto ed io le strappai una collanina con un anello d'osso ch'ella teneva al collo: subito si gettò furibonda su di me e ci avvoltolammo avvinti, piangendo e ridendo, come sempre di poi nella vita. Poi non la rividi per molti anni. I suoi genitori erano morti e lei viveva coi nonni, ricchissimi, che solo a grandi intervalli venivano a rivedere una loro terra accanto alla nostra. Io ero un ragazzo studioso, equilibrato; non pensavo alle donne, ma a volte pensavo a Vita: la rividi, dunque, che aveva sette anni, poi dieci, poi quindici, infine diciotto: e qui comincia l'idillio tragico: un amore dapprima fantastico, con incontri notturni, gite misteriose nei boschi, cavalcate e viaggi in barca lungo il fiume e fino al mare. Lei era bellissima, appassionata, naturalmente più precoce ed esperta di me. Mi amava, ma spesso mi tormentava fino alla crudeltà. Scoperti, lei fu allontanata di nuovo, ma tanto fece che i nonni le permisero di corrispondere con me. Io continuai a studiare, a scavarmi dentro, per sollevarmi fino a lei: e quando mi feci un posto e un nome nel mondo e tutto era pronto per le nostre nozze, ebbene, lei fuggì con un altro. Uno che, naturalmente, le fece presto scontare il suo tradimento: poiché questa è la legge della vita. Infelicissima, lei mi richiama, fa di me quello che vuole, mi solleva fino a Dio, mi butta giù fino al vizio e al delitto, e in ultimo mi getta via come uno straccio nella strada. Io mi sollevo e cammino; se qualche cosa ho fatto l'ho fatto per sollevarmi dal dolore e dall'umiliazione. E non l'ho mai dimenticata, neppure nell'odio alla vita stessa. Ed ecco la rivedo questa sera, un'ora fa, come una fiera in gabbia. «Che fai qui?» le domando. Dopo la prima sorpresa lei si mette a ridere, felice dell'avventura e mi dice con semplicità che aspetta un uomo col quale deve partire; e paurosa che sopraggiunga il marito si protende ansiosa ad ascoltare. Un passo. Chi è? Il marito o l'amante? «Vieni su, vieni, - lei dice smarrita, - conducimi via».

«Alla stazione» ordino al conduttore, che intanto s'è svegliato, e chiudo, e stringo a me la donna. «Chiunque egli sia, - le dico in delirio, - fuggiamo; vieni con me. È tempo, è tempo».

L'automobile si è appena mossa che l'uomo sopraggiunto ci insegue a colpi di rivoltella.

«È lui, è l'odio - ella geme stringendosi a me. - Sì, sì, fuggiamo assieme».

«Chi è? Tuo marito?».

«No, è l'altro, che odio e mi odia. Ascolta, - dice poi, riprendendosi, - riconducimi a casa: c'è la nostra bambina che non sta bene. Domani ti scriverò, ti dirò tutto».

Ed io l'ho ricondotta alla sua casa: poi sono corso qui.

Egli era diventato pallidissimo, con gli occhi infossati, invecchiato da un'angoscia che solo quel suo viso di spettro poteva esprimere. Eppure continuava a mangiare tranquillo, col brillante al dito come una goccia di rugiada.

Tutti partecipavano a quella sua pena, all'ansia del suo domani: anche la signora che pure lo conosceva da molti anni e mai aveva avuto da lui le confidenze adesso distribuite a stranieri: qualche osservazione la fece però l'uomo dei campi.

- Tutto questo non accadrebbe se si facesse una vita più regolare, pratica, senza viaggi nelle nuvole. Divertito mi sono anch'io: ma che sia accaduto mai nulla di simile a me? Fino ai diciotto, che dico? fino ai ventotto anni anch'io non ho badato alle donne, veh, intendiamoci nel senso di sposare; ma non c'è sala da ballo, delle nostre parti, che non conosca la suola delle mie scarpe, né mano di donna che non conosca la mia. Ma, dico, lavorare sempre e fare gli affari come vanno fatti: poi servire la patria: anch'io ho veduto il rosso del sangue; eccolo cambiato nell'argento di queste medaglie. E sistemata la patria abbiamo pensato a sistemarci noi. I poderi che avevamo in affitto son diventati nostri; abbiamo settecento biolche di terra coltivata, duecento mucche, cavalli, macchine, trecento polli, sette maiali.

Ai polli attende mia madre, in un salone riscaldato che, non faccio per dire, è bello quanto quello della nostra qui amabilissima signora. (Grazie, lei esclamò, ironica e lusingata). E mentre attende a loro, mia madre legge: tutto è buono per lei, romanzi, giornali, almanacchi. Anch'io, veh, amo leggere, ma la notte. Smorza, dice mia moglie, smorza. Ma lasciami leggere, dico io, volgiti verso il muro. Smorza, lei insiste, il pissnin si può svegliare. Perché abbiamo un piccolino, di tre mesi, che già ride, bello e buono come un panino di burro. Io me lo prendo tutto nudo a letto, la mattina, e piango per la contentezza di toccarlo. L'ho chiamato Ivan perché è un bel nome.

- Lo farete studiare? - domandò la signora, col suo accento ambiguo fra la beffa e la tenerezza.

- Grazie - disse l'uomo, grato dell'attenzione di lei. - Non so, l'avvenire è in mani di Dio.

E quando furono alzati i calici la padrona di casa disse:

- All'avvenire di Ivan.

- Dei figli vostri - rispose il contadino tendendo il calice verso quello di lei.

Si alzò il padrone di casa e destò un applauso:

- Alla grandezza della nostra patria.

Ma il vero brivido di esaltazione tornò a destarlo l'artista quando si alzò, lentamente, di nuovo ringiovanito in viso, col calice d'oro ove la spuma si scioglieva come un'ostia:

- Alla poesia della vita.

IL FLAUTO NEL BOSCO

Per sfuggire, o tentare almeno di sfuggire ad una infelicità che la sorte le aveva mandato gratis, la giovine donna se ne procurò un'altra al prezzo di lire sei mila.

Sei mila lire per due mesi d'affitto di una villa in una stazione climatica di lusso non è molto: il guaio è che la stazione climatica era lontana tre chilometri, e la villa si riduceva ad una casetta bella di fuori con la sua brava torre merlata e la loggia di marmo, e dentro una topaia senza luce, senza acqua, col nido della civetta nella terrazza, le pareti schizzate di zanzare morte, e una temperatura da fornace.

Ma la donna era orgogliosa e non tornò indietro; e a tutte le sue conoscenze mandò la cartolina illustrata dove si vedeva questa sua villa che rassomigliava a lei; bella ed elegante di fuori, e dentro piena di topi e di pipistrelli.

Per compenso, per andare allo stabilimento di cura c'era un viale di castagni e di abeti, la cui fresca e solitaria bellezza dava conforto. Di tratto in tratto non mancava modo di potersi riposare: una panchina, un paracarri, il parapetto basso di un ponticello.

Ella amava sedersi su questo muricciolo, davanti e dietro il quale fra due frangie di giunchi e gli sfondi verdi del bosco chiazzati dell'azzurro del cielo, si torceva un serpente d'acqua verdognola.

I merli, gli usignoli e le gazze vi davano concerto.

E un giorno, verso la fine di luglio, ai canti degli uccelli si unì d'improvviso, anzi li fece tacere, il suono di un flauto.

Ella sollevò la testa perché le parve che venisse dall'alto, non sapeva se da destra o sinistra, ma certo dall'alto, come il canto dell'usignuolo dalla cima degli abeti e dei castagni del bosco.

Ed era un motivo breve, variato, ma poi sempre ripetuto, e dolce appunto come il canto dell'usignolo; e a lungo andare, in quel silenzio, in quella solitudine, dava l'impressione che fosse davvero il canto di un uccello misterioso, fantastico, come quello delle fiabe; un uccello che forse un giorno era stato un uomo e che un incanto malefico aveva tramutato in bestia.

E raccontava, con la sua musica, la sua storia.

- La mia storia è apparentemente eguale a tutte le storie, eppure come diversa! Come non c'è foglia eguale ad altra foglia, e onda eguale ad altra onda, così non c'è una storia d'uomo eguale ad altra storia d'uomo. La mia è questa: sono stato anch'io fanciullo e felice; eppure perché piangevo così spesso? Sono stato giovine e felice; e non piangevo più; eppure questa era la mia pena; non poter più piangere come da bambino. Allora, per sfogarmi, cantavo; ma né la parola né la musica potevano dire ciò che veramente mi stava nel cuore, la passione, il desiderio, l'ansia verso una gioia che non sapevo dove e come fosse, ma senza la quale credevo di non poter vivere. Solo quando cominciai ad amare, intravidi un po' questa gioia, ma sempre come la luna fra le nuvole, lontana fuggente. Ed io la volevo, come il bambino vuole la luna, e tentavo di volare per afferrarla. Cadevo e mi sollevavo; soffrivo e amavo di soffrire; e credevo di essere il più infelice degli uomini, smarrito sulla terra mentre avrei voluto essere un astro fra gli astri dell'infinito.

Finché un giorno in una foresta nell'ascoltare il canto dell'usignolo mi venne da piangere: così trovai un po' di bene. Ma volli andare a veder l'uccello meraviglioso; e una fata malefica che s'aggirava nel bosco tramutò anche me in uccello.

Così canto la mia storia che è apparentemente eguale a tante altre storie, eppure così diversa.

E la donna, poiché quel suono era come l'eco del suo soffrire, si mise anche lei a piangere: anche lei ritrovò nel pianto un po' di bene.

Ma un fischio sonoro la richiamò in sé. Era un monello scalzo che correva nel viale e fischiava contro la musica misteriosa, e, a lei parve, anche contro il suo intenerimento.

Tuttavia si alzò confortata ed ebbe pietà del mendicante cieco che si lamentava nel crocevia del viale, e al quale prima non dava mai l'obolo. Questa volta, invece, gettò nel vaso del vecchio cappellaccio rovesciato, un pugno di monete.

Il fatto si ripete nei giorni seguenti. E non è lei sola a godere e soffrire; anche i passeggeri romantici, le coppie furtive, le vecchie signore straniere con un libro od una macchinetta per fotografie in mano, tutti insomma quelli che attraversano il viale, sono affascinati dal suono misterioso.

Qualcuno interroga il mendicante: il mendicante non sa nulla, anzi non ha neppure una lontana idea della cosa perché oltre all'esser cieco è anche quasi completamente sordo.

La donna, che avrebbe voluto godere da sola l'incantevole musica, si irritava per la curiosità e le ricerche altrui: ma a poco a poco curiosità e ricerche cessarono; ella osservò tuttavia che il viale era sempre più frequentato.

Un giorno vide presso il mendicante il ragazzo sbilenco e straccione che aveva fischiato la musica del flauto e il dolore e l'intenerimento di lei: gli diceva qualche cosa all'orecchio, ma invece di gridare parlava sottovoce. Respinto dall'altro, gli si attaccava di più, come una mosca autunnale; finché non ottenne qualche moneta. Allora se ne andò di corsa, fischiando, e la donna lo vide sparire nel bosco come un animale selvatico.

Pensò che egli sapesse qualche cosa del suonatore misterioso e attese di rivederlo per interrogarlo: egli però non ricompariva. D'altronde che le importava di conoscere il suonatore? Poteva essere uno stravagante nascosto tra i cespugli del bosco e magari appollaiato su un albero.

- Che t'importa di conoscermi? - le diceva il suono del flauto. - La mia storia è, in fondo, come la tua; e perché vuoi darmi la caccia come io all'usignuolo? Sta attenta che la fata del bosco, irritata, non ti faccia pentire. La mia storia, in fondo, è come la tua.

Eppure anche lei era curiosa. Tutto in noi è curiosità; e si dimentica il danno di un furto per l'investigazione del come i ladri l'hanno compiuto; e si ricercano le cause di una malattia quasi che il conoscerle possa farci guarire.

La curiosità di sapere chi suonava il flauto guastava alla donna il piacere di ascoltarne la musica. Forse era anche un senso di diffidenza, ma forse era anche il principio di un sogno.

Ed ecco un giorno il ragazzo sbilenco si presentò proprio alla villa: aveva da vendere un coniglio, certamente rubato, e del quale d'altronde chiedeva un prezzo tre volte superiore al giusto.

La cuoca stava per scacciarlo indignata, quando sopraggiunse la signora pronta per andare allo stabilimento.

- Va bene, - disse, - compreremo il coniglio, purché tu mi dica chi è che suona il flauto nel bosco.

Il ragazzo la fissò coi suoi occhi verdi sfrontati e non rispose.

- Prendi il coniglio, - disse la signora alla cuoca, - e tu, ragazzo vieni con me. Egli volle i denari, prima di consegnare la bestia, poi andò con la signora: per farlo parlare occorse però la lusinga di un biglietto da cinque lire, che la donna si passava da una mano all'altra e ripiegava e spiegava.

- Venite con me - disse infine precedendola: e con un dito le accennò di seguirlo.

S'internarono in uno dei tanti piccoli sentieri che s'intrecciano come vene fra i cespugli del bosco: e di passo in passo questo diventava così fitto, scuro e spinoso, che la donna aveva quasi paura a proseguire.

D'un tratto qualcuno la incoraggiò, anzi parve chiamarla e attirarla; il suono del flauto spandeva la sua chiara melodia nel silenzio, e rischiarava l'ombra sinistra del bosco coi suoi raggi d'argento. E come al chiaro di luna le cose prendevano un aspetto di sogno; i sentieri si allargavano, i cespugli dei rovi parevano i rosai di un giardino incantato.

Ma il suonatore aveva un udito finissimo: si fermò, una prima volta, quando il ragazzo disse sottovoce alla donna:

- Andate fino a quell'albero mozzo e guardate in su verso l'abete accanto: io non posso venire oltre perché quello se mi vede mi ammazza.

E al fruscìo dei passi e delle vesti di lei il suono cessò del tutto: ella riuscì solo a vedere, fra le grandi piume spioventi dell'abete una specie di scimmiotto che la fissava dall'alto con gli occhi verdi come quelli del ragazzo.

- Tu ti burli di me - ella disse alla sua guida, che l'aspettava nascosto e voleva le cinque lire.

- Vi giuro che no. È mio cugino, diavolo! Suona per conto del mendicante che gli dà mezza lira al giorno; è per attirare gente nel viale.

UN DRAMMA

Il triste avvenimento, del quale il giovine studente aveva avuto tante volte paura, sebbene sfidandone e deridendone la minaccia, e anzi cinicamente augurandoselo, era pur troppo finalmente accaduto.

La mamma se n'era andata via di casa.

- Ecco, leggi - disse il padre, entrando in camera e svegliandolo. E anche il padre se n'era andato all'ufficio, come se nulla fosse, poiché c'era il foglio di presenza, e per nessun avvenimento ove non c'entrasse la morte o qualche cosa di simile egli avrebbe tradito i suoi doveri e la sua dignità di impiegato.

Il figlio era rimasto col foglietto in mano, nel suo letto caldo e pulito, nella sua camera luminosa in disordine, con un'angoscia di brutto sogno che lo irrigidiva tutto.

La mamma avvertiva, con poche parole secche, su quel foglietto, che come per la millesima volta aveva minacciato la sera prima, se ne andava.

Era stanca. Stanca di lavorare inutilmente, di combattere contro tutte le piccole divoranti avversità dei giorni attuali, senza riuscir mai a rendere, se non contenti e ammirati, almeno tranquilli, il marito e il figlio. Specialmente col figlio, - perché il marito brontolava, sì, continuamente ma senza alzar la voce, - era un perpetuo dissidio; per le camicie stirate male, per il mangiare, per le calze rammendate, per la persecuzione di esser fatto alzare la mattina prima delle dieci, per la scarsezza dello spillatico, per le mancanze della serva scontate sempre dalla padrona.

Egli le diceva e non c'era cosa che a lei dispiacesse di più:

- Tutte le cose vanno male, qui, perché tu non sai comandare la serva.

E va bene: adesso la avrebbe comandata lui, la serva. L'angoscia, intanto, cresceva. Dove era andata la mamma? Certo, al suo podere, dove minacciava appunto di ritirarsi, quando non ne poteva più: e meno male che la giornata era bella: e meno male che la sera prima ella aveva già dato l'ordine per la spesa del domani, e la serva era già uscita presto senza accorgersi della fuga della padrona.

Perché lo scandalo, anche, spaventava lo studente; lui che era fiero, in fondo, di aver una mamma così, giovane ancora e intelligente e che pure viveva solo per la casa e la famiglia.

L'angoscia cresceva: tuttavia il diavolo vi soffiava sotto un alito di gioia.

Quando la mamma minacciava di andarsene era questo stesso diavolo che suggeriva al giovine di gridare:

- Magari! Così saremo liberi della tua tirannia.

Libero! Libero, lui, di che? Di alzarsi tardi la mattina, di sgridare la serva e farle rilucidare le scarpe già lucidate; libero di tornare all'ora che gli piaceva per la colazione (sì, ma adesso il padre si rassegnerà a mangiare solo, e avrà la pazienza di serbargli calde, e sicure dall'avidità della serva, le sue porzioni?), libero...

Intanto una scampanellata alla porta lo fece alzare, e con un battito d'ansia al cuore. Fossero notizie della mamma? Era presto, per queste notizie; eppure egli s'accorse di aspettarle già.

E si sentì rabbiosamente disilluso nel vedere nel vano della porta la figura storta e tuttavia con pretese d'eleganza della piccola serva. La serva aveva perduto la chiave ed egli dovette sopportare anche i lamenti e le storie di lei.

- Ma la signora dov'è?

- È arrivato un telegramma che il nonno muore, e lei è dovuta partire immediatamente.

- Il padre del padrone?

- Bestia! Allora sarebbe partito il babbo. Be', sbrigati, perché oggi e forse anche domani l'hai da fare con me. Lucida di nuovo, subito, le scarpe; e sia l'ultima volta che te lo dico, e impara a farmele trovare come le voglio io.

- Ih, signorino! Non è molto in pena per l'agonia del nonno.

Egli non trovò subito da rispondere anche perché una nuova scampanellata gli agitò di nuovo il cuore.

Miseria delle miserie, era la lavandaia. Di solito la signora le faceva trovare i panni pronti, e pronta la nota di essi. La serva non sapeva neppure dove andare a prenderli.

- E dille che torni - disse il signorino, preoccupato solo per le sue scarpe.

Subito, signorino! Come si vede che lei è lontano dal concepire la grandezza e la dignità di una lavandaia: alla proposta di ritornare, di ripassare, la nobile lavoratrice si irritò e si offese, e minacciò di non prendere più i panni.

E la serva assicurò il signorino che se quella non tornava non era possibile trovarne un'altra.

Ed egli si vide con la camicia sporca per tutta la vita.

Andata finalmente via la lavandaia col fagotto dei panni, un po' di pace parve regnare nella casa in disordine. In mezzo a questo disordine, che almeno non gli dava fastidio, egli mangiò, si vestì, fu per uscire, come gli altri giorni: ma la serva lo trattenne per il conto della spesa, e fu un lungo contare e ricontare, per parte di lei: per consolarsi egli si fece dare il resto.

Ma Gesù mio, che cosa avviene in cucina? Un rumore violento d'acqua, e in pari tempo una puzza d'incendio. La serva strilla, il signorino scappa: ella lo richiama dalla scala per qualche cosa di misterioso e terribile che succede in cucina; ma egli non risponde, egli fugge. Aria, aria, libertà, vita d'uomo e non di donnicciuola stritolata dall'ingranaggio della casa.

La meravigliosa giornata di ottobre inebriava la città. Eppure egli non respirava bene: e gli sembrava che anche alla città fosse scappata di casa la mamma.

Prima di mezzogiorno era a casa; e mentre per il passato si sentiva infelice perché non si mangiava alle tredici o magari più tardi, adesso s'arrabbiò perché non c'era neppure la lontana speranza di veder la tavola apparecchiata.

- Ma, capirà, signorino, devo fare tutto io, adesso; eppoi c'è guasto nei fornelli a gas e Lei non è voluto tornar su a guardare: e ho dovuto accendere il carbone.

Egli non s'intendeva di fornelli; eppure dovette guardare, e trovò che uno non funzionava bene perché la rotella centrale era spostata, e dall'altro fuggiva allegramente il gas: solo un miracolo aveva impedito una disgrazia tale da non fargli ritrovare la casa in piedi.

Ma basta con queste miserie: se ne potrebbero contare cento, in tutta quella triste giornata.

Il pasto non fu cattivo perché i due disgraziati non se ne accorsero. Il babbo credeva, in fondo, che la moglie fosse andata a farsi una passeggiata, e pentita della sua leggerezza si facesse già ritrovare in casa al ritorno di lui dall'ufficio.

Quindi taceva, disilluso.

La tavola, senza di lei, era come il mondo senza sole; e, quando il ragazzo tentò di parlare di quella cosa, piano perché non sentisse la serva, il padre gl'impose di tacere.

- Oramai è fatta.

Il figlio volle protestare; dire che infine il peso della casa era adesso tutto sopra di lui; e che era un peso insopportabile; ma gli parve di sentire, nella sua voce, la voce della mamma, e anzi di esser diventato la mamma stessa; ed ebbe paura dei brontoli del babbo, e pensò anche lui di fuggire.

Nel pomeriggio vi furono ore apparentemente quiete. La serva s'era ritirata nella sua camera a lavorare per conto suo, e anche lui nella sua, a studiare, a scrivere.

Scriveva un dramma.

Quel giorno però non gli riusciva di scrivere una sola parola, sebbene la scena e il dramma stesso fossero al loro punto culminante. Egli non poteva condurli più su, la scena e il dramma, e neppure più giù.

Non poteva: anzi gli pareva di svegliarsi dall'ubriachezza che fino al giorno avanti il suo lavoro gli aveva dato, e di questo vedeva tutta la falsità. I veri drammi della vita sono quelli che rassomigliano al suo di oggi, senza parole, quasi senza personaggi.

Ma chi può scriverli? E anche a scriverli e rappresentarli bene, desterebbero gli sbadigli e il disprezzo della gente che pure ne conosce tutta l'oscura e sotterranea potenza.

Quell'impotenza della fantasia parve a poco a poco vincere anche i suoi sensi. Fu preso da un languore, da una impossibilità a muoversi, anche a pensare. In fondo era un'ansia di attesa che lo teneva immobile davanti al suo scrittoio, con la testa fra le mani.

Che cosa aspettava?

Aspettava una lettera, un telegramma, una scampanellata; notizie di lei, insomma. Sapeva però che l'attesa era vana.

E le ombre cadevano, e gli pareva che anche la sua anima si spegnesse.

Ricordi e ricordi passavano, moltiplicati, ingranditi dalle ombre: a quell'ora la mamma tornava a casa, quando usciva, e quasi sempre con pacchetti di cose buone per lui. Tornava, e la luce non cessava, nella casa, neppure nelle sere più buie.

Egli mise la mano sugli occhi, ed ebbe un desiderio intenso.

- Mamma, ritorna.

E d'improvviso la vide, pallida e piccola, triste anche lei nella solitudine del podere. Pensò che forse bastava andare a prenderla, per farla tornare; e d'un tratto riaprì gli occhi, e gli parve che la luce della sua speranza riaccendesse l'orizzonte. Era la luna che sorgeva.

Allora poté muoversi; andò a vedere cosa faceva la serva. La serva faceva il comodo suo; era uscita e non tornava.

Quando tornò, egli cominciò a sgridarla: ella non s'inquietò; aveva capito il mistero della padrona, e ricordava che il babbo di questa era già morto; e pensava alla fortuna di stare ormai al servizio di due uomini soli. E la sua voce aveva la morbidezza della corda del boia quando disse al signorino:

- Signorino, poiché non la contento più, bisogna che lei si provveda di un'altra donna.

Egli ricordò che la madre era andata in dieci agenzie e presso venti portinaie, per riuscire ad avere quella donna di servizio, e si sentì tutto in un bagno di sudore.

- Babbo, - disse al padre mentre si aspettava che la serva finisse di friggere, - bisognerebbe andare al podere e farle smettere la sua idea.

Il padre era stanco e serio, come del resto sempre dopo le sue interminabili ore d'ufficio.

- Ma sei sicuro che sia al podere? - disse.

- E dove vuoi che sia? A Parigi?

- Tutto può darsi.

Era ironico o tragico, il padre?

Neppure il figlio riusciva a saperlo; ad ogni modo sorrise, ma con un vago terrore dell'ignoto in cuore.

- Ad ogni modo, babbo, tu domani dovresti andare al podere.

- Io? Ho l'ufficio. Sai che c'è il foglio di presenza, adesso.

- Allora ci andrò io, ma vedrai che non mi ascolterà, vedrai. È necessario che ci vai tu.

- Ti dico che non posso.

- Ma questo accidente di ufficio...

La discussione si animava quando fu suonato il campanello della porta: e il cuore dei due uomini vi fece eco.

Finalmente! Era certo un telegramma, un segno di vita. Corsero tutti alla porta, anche il padre, anche la serva con la forchetta in mano.

E dietro la porta c'era lei; e per maggior conforto portava un cestino d'uva.

I BENI DELLA TERRA

Quello che dapprima per scherzo, poi per abitudine, e alcuni infine con convinzione chiamavano l'Apostolo, se ne stava a fumare la Favorita, la pipa dei giorni buoni, nel suo magnifico giardino, quando il giardiniere venne a dirgli che una Commissione di persone di servizio domandava udienza.

- Cosa sono, maschi o femmine? - egli domandò, levandosi la pipa di bocca e sputando su una rosa lì accanto.

- Servaccie - rispose con dispetto il vecchio giardiniere che non amava si mancasse così di riguardo ai suoi fiori. - E se fosse in me non le riceverei, perché ritengo vogliano venire qui dentro solo per curiosità, del giardino - aggiunse subito, poiché vedeva il grande viso barbuto del padrone e i suoi occhi celesti colorarsi di sangue.

- Fa subito passare. Via!

E il vecchio se ne andò come cacciato da un colpo di scopa, pensando ancora una volta che il padrone, se era l'apostolo di tutti i mascalzoni dei dintorni, per lui che da trenta anni lo serviva fedele e schiavo, era l'anticristo in persona.

La Commissione, composta di quattro donne, una vecchia, la seconda anziana, la terza giovane e l'ultima infine quasi ancora bambina, si avanza in fila, sullo sfondo chiaro del viale delle rose. Tre delle donne sono vestite di nero, l'adolescente di rosso, con le lunghe gambe che sembrano nude, capelli neri corti di qua e di là dei lunghi occhi bistrati.

L'apostolo tornò a farsi rosso, nel vedere quest'ultima: si tolse di nuovo la pipa di bocca e di nuovo sputò sulla rosa come avrebbe voluto farlo su quella promettente fanciullezza.

- Sedetevi - disse burbero alle donne, accennando la panchina accanto al tavolino di marmo dove su un vassoio stava la sua collezione di pipe.

- Si tratta - cominciarono a una voce le tre più vecchie.

- Una per volta!

Allora fu solo la più vecchia a parlare.

Si trattava di organizzare le donne di servizio, che mentre in tutto il mondo dettavano legge, qui venivano ancora mal pagate e trattate come bestie.

Egli fu per gridare: perché lo siete; ma si frenò. Fu anche per dire che se la paga loro non bastava era perché si vestivano e si calzavano come quella piccola sgualdrina lì; ma si frenò. Era un uomo prudente, e solo per questo, forse, era considerato come un grande uomo saggio.

- Vostra Signoria ha messo a posto tutti i disgraziati del circondario; persino gl'imbianchini e gli accalappiacani devono la loro fortuna a lei. Perché non deve provvedere anche alla nostra classe?

- Sarà un'opera altamente morale e sociale - disse l'anziana con enfasi.

La giovine scoppiò a ridere: e fu come lo spaccarsi di una melagrana: risero tutte, in coro, e l'apostolo vide che gli occhi della piccola erano verdebruni come l'agata, e i suoi dentini bianchi e intatti la cosa più pura del mondo.

In breve tempo egli dunque organizzò e rese potente e rispettata la classe delle serve. Le radunò a comizio nel suo giardino, le esortò una per una ad essere solidali e consapevoli dei loro diritti e della loro forza. Così si procurò l'odio e la maldicenza della rispettabile ma disorganizzata classe delle padrone di casa.

Però quando i suoi servi, il giardiniere, la cuoca e la cameriera che lo servivano da secoli, domandarono anch'essi l'aumento della mercede e i giorni di libertà accordati agli altri, rispose che se non erano contenti se ne andassero; ed essi naturalmente rimasero.

Un giorno venne solo la piccola serva, a portare una lettera. Questa volta egli stava nel suo grande studio con le vetrate aperte sul giardino che in quel mattino di giugno pareva, così fitto di rami tremolanti sull'azzurro, di rampicanti, di fiori di corallo, il fondo del mare.

Fatta entrare la ragazza, la squadrò da capo a piedi con disprezzo iroso, poi le domandò:

- Ma sei proprio al servizio tu? E non ti vergogni, allora, di andare vestita così, come una donna perduta?

- È la mia signora che mi regala i suoi vestiti vecchi, - ella rispose umilmente, - perché lo stipendio lo devo dare tutto a mia mamma vedova...

- Basta, basta, sappiamo la storia. E di' alla tua signora, da parte mia, di farsi i vestiti più scuri e più lunghi.

- Sissignore.

- E intanto che scrivo la risposta, va un po' in giardino a prendermi la pipa.

Ella uscì, inciampando sul tappeto; si smarrì nelle stanze attigue, ma non si diede per vinta; saltò da una finestra e corse nel giardino finché trovò il vassoio con le pipe: quale prendere, però? Ricordò che quella da lui adoperata quel giorno della Commissione aveva un piccolo teschio d'argento sulla coppa bruna: la trovò e la prese fra due dita, con un fulgore di gioia negli occhi perversi, come quando si prende una farfalla.

Qualche tempo dopo entrò al servizio in casa dell'apostolo. Disimpegnava ottimamente le sue mansioni di cameriera, svelta, pronta, silenziosa; eppure nessuno si fidava di lei. Il giardiniere specialmente la teneva d'occhio; apriva e chiudeva lui il cancello quando lei usciva, e la frugava con gli occhi fin sotto le vesti.

Il padrone la maltrattava.

- Forse credi di essere entrata nel regno dei cieli? - le diceva. - I beni della terra son tutti radunati qui, sì, ma non fanno per te.

Lei taceva.

Un giorno rovesciò il vassoio con le pipe; egli le si gettò addosso, con una mano le afferrò il ciuffo dei capelli tirandole indietro la testa, con l'altra la schiaffeggiò.

Ella balzò curva qua e là stringendosi fra le palme le guancie come avesse male ai denti, poi andò a fare il suo fagotto, e la cuoca la sentì brontolare:

- L'apostolo! Ammazzalo! Te lo darò io, però, l'apostolato: aspetta, aspetta...

Ma quando fu per andarsene, il giardiniere le disse che aveva ordine dal padrone di non aprire il cancello.

E di saltare i muri non c'era speranza perché altissimi: e sopra vi marciava l'esercito di alabarde della cancellata.

Sette anni ella stette in quella prigione, preparando giorno per giorno la sua conquista. Giorno per giorno prendeva possesso degli oggetti, se non delle persone, e strofinava i mobili con la cura, a volte dispettosa, con cui si ripuliscono i propri figli; e quando rimetteva a posto una sedia diceva: «sta lì», con l'impressione che quella rimanesse ferma al suo posto solo per obbedire a lei.

Il padrone adesso la trattava meglio e le concedeva qualche ora di libertà; ma quando ella rientrava le girava intorno come per sentire l'odore di dove era stata, con una gelosia animale.

S'era molto invecchiato in quegli ultimi anni, il padrone; invecchiava e si annoiava, perché nessuno aveva più bisogno di lui. La gente era tutta felice: tutti guadagnavano e si divertivano; i beni della terra, com'egli diceva, erano alla portata di tutti.

In fondo egli non si curava del prossimo. Divideva l'umanità in costellazioni: stelle fisse, pianeti, poi la via lattea delle folle inferiori. E i grandi astri fermi e felici non sono i re, né i potenti della terra, né i ricchi o i meschini gaudenti: sono gli uomini solitari che non escono di casa e la cui vita si aggira intorno a sé stessa nell'infinito spazio del suo essere.

Egli si credeva uno di questi.

Eppure quando la ragazza che gli preparava il bagno e gli stirava le camicie, gli annunziò che doveva sposarsi, provò un senso di smarrimento. Dove trovarne un'altra come lei, fidata, sottomessa anche alle botte, forte e silenziosa?

Eppoi non era solo questo: era una rabbia gelosa al pensiero che l'ultimo dei servi poteva godersi quella giovinezza in fiore, quel bene della terra, mentre lui, che doveva appena stendere la mano per coglierlo come un frutto del suo giardino, se lo lasciava portar via idiotamente.

Allora furono proposte e controproposte: offerte di denaro e d'altro. Ella non cedeva. Il suo bene non era da cedersi così, per poco. Più lei resisteva, più il vecchio s'infuriava; finché le propose di sposarla lui.

E fu così che il vecchio giardiniere assisté un giorno ad una scena straordinaria.

Il padrone stava seduto a fumare la pipa allo stesso posto dove un giorno aveva ricevuto la Commissione delle serve. Fumava, ma non più la Favorita dal teschio d'argento; non più da qualche tempo la Favorita: le provava tutte, le sue pipe, e di tutte sembrava scontento.

Ed ecco apparire in fondo al viale e avanzarsi rapida e concitata la giovane moglie. Anche lei era sempre concitata, dacché stringeva in pugno la fortuna: non lavorava più, ma neppure godeva come prima le ore di libertà, e il giardiniere aveva ordine dal padrone di tener più che mai chiuso il cancello.

Passando ella lo guardò coi suoi occhi verdastri annegati in una tristezza velenosa, ed egli ammiccò alle sue forbici da potare.

- Ben ti sta, ben ti sta: hai tessuta la tua ragnatela per sette anni, e lo stupido moscone vi è caduto dentro: goditelo, adesso, con la sua puzza di pipa e di vecchiume; goditelo bene, coi suoi denti neri che cadono quando ti bacia, e con tutto il resto.

Ella sente, si fa rossa di stizza, e va dritta verso il vecchio sposo dicendogli qualche cosa sottovoce. Che cosa gli chiede? Forse di mandar via il giardiniere, o d'impedirgli almeno di pensare come pensa.

L'uomo non risponde; continua a fumare rassegnato, prudente. Anche lei non grida, ma si agita convulsa, e d'un tratto sporge le mani con le unghie adunche, come il gatto infuriato: ed egli, che s'è già tolto la pipa di bocca nascondendola in tasca per salvarla da un pericolo imminente, si ritrae un po' smarrito guardandosi intorno non per paura di sé, ma che qualcuno veda.

Il giardiniere infatti accorreva, istintivamente, non sapeva se per spirito di solidarietà o di avversione, se per difendere o deridere il padrone.

La sua presenza non fece che inasprire la donna. Con una mano afferrò sulla nuca i capelli del marito, con l'altra lo schiaffeggiò sulla guancia sinistra. Poi, dritta e possente, aspettò che il suo nemico si avvicinasse, per fare altrettanto con lui.

IL TORO

L'appuntamento era alle sei, ma fin dalle cinque la donna, avida e impaziente come sono le donne, era pronta per uscire. Uscì, poi tornò indietro per indossare la sua giacca a maglia di seta rossa che però lasciò molto aperta sul petto nudo velato dalla patina bronzina che dà il sole marino.

L'aria s'era improvvisamente rinfrescata, e lei amava molto la sua salute e la sua persona: quando fu nel viale tutto brividi e luccichi, si pentì di non aver preso anche la sciarpa per velarsi la testa; ma le pareva di aver già fatto tardi, aveva paura d'incontrare qualcuno che le facesse perdere altro tempo e andò avanti. Il vento passava di sopra i grandi platani, e non la molestò finché il viale non si restrinse in una strada campestre che pareva un argine, alta fra le vigne che scendono al mare. Lassù il vento giocava a suo piacere coi giovani pioppi radi e con l'avena che cresceva lungo i solchi della strada: d'un tratto parve accorgersi della donna e la investì, le scompigliò i capelli: cosa che cominciò a irritarla e farla ragionare. Sapeva benissimo dove andava e perché andava: ed ecco che d'improvviso, come se l'aria fresca e il vento dispettoso le schiarissero meglio le idee, si sentì quasi offesa di tutte quelle precauzioni prese più dall'uomo che da lei, di incontrarsi in un punto lontano, di passare per diverse strade, loro che cento volte erano andati assieme, con la libertà che concede la vita all'aperto dei villeggianti, soli per quelle medesime strade, senza preoccuparsi di nessuno, arrivando felicemente a quello stesso punto e più oltre ancora, e tornando non meno felicemente indietro.

Ma è che allora non si fermavano; mentre adesso l'intesa tacita di entrambi era di fermarsi.

Forse però anche lui a quell'ora risaliva la strada sabbiosa che dal mare va su tra le vigne e s'incrocia con quella che lei percorreva in compagnia del vento molesto. Questa speranza le fece allungare il passo: e il vento allora la perseguitò di più, come credendosi sfuggito da lei; le gonfiò le vesti di velo sino a farne una iridata bolla di sapone, e sopratutto le rovinò l'edifizio dei capelli lasciando intravedere ciò che vi era di falso e scoprendo i fili d'argento nascosti come raggi di luna fra le nuvole di notte.

Ella arrivò quasi a fatica al crocicchio: guardò a destra, guardò a sinistra; a sinistra sfavillava il mare, a destra si stendeva un'altra strada erbosa e alberata, quieta tra vigne e campi solitari. Nessuno. Il rumore del vento fra gli alberi rispondeva solo al mormorio del mare e al battito del cuore di lei.

Ella volse a destra, passando dalla parte soleggiata della strada perché aveva quasi freddo. Il vento adesso la lasciava in pace, di nuovo occupato con le fitte chiome delle robinie che riparavano la strada: ed essa camminava piano, un po' umiliata di non aver trovato l'uomo ad incontrarla e di arrivare la prima al convegno.

In fondo sentiva che il suo stato d'animo non corrispondeva a quell'impeto cieco di passione che avrebbe dovuto sospingerla e farla felice della sua impazienza, della sua umiltà, dei piccoli contrasti che attraversava: e questo l'umiliava di più.

Ogni tanto si volgeva indietro: sedette sul parapetto del ponte sul fosso e aspettò. Passavano donne in bicicletta, rapide, sfiorando l'erba come rondini; passarono carretti guidati da donne che frustavano i cavalli e li aizzavano con voce virile: una fumava la pipa. Pareva un paese abitato da sole donne che pensavano a tutto fuor che all'amore.

L'uomo non si vedeva. E se era già al posto del convegno? Ella balzò, riprese subito la strada, arrivò un quarto d'ora prima al posto del convegno. Il luogo era solitario: pittoresco ma solitario. Era un boschetto di pioppi in fondo a un prato, dove le vigne terminavano e cominciava la landa coi suoi pascoli magri e l'orizzonte segnato dalle rughe tristi delle risaie.

Fra le colonne dei pioppi si vedevano nel prato i cavalli e le vacche al pascolo; e l'erba era così fina che invitava, a toccarla.

Ma l'uomo non si vedeva. Ella tornò indietro fino alla strada, e si fermò sull'angolo fra questa e il prato. Il sole la illuminava, dava un bagliore infocato alla sua giacca.

E d'un tratto ella si accorse con terrore che un toro grande e pesante, d'un biancore roseo di carne umana, veniva verso di lei a testa bassa, senza guardarla, abbagliato dal colore della sua veste.

Finché lei stette tranquilla anche lui si avanzò tranquillo: pareva più che altro spinto dalla curiosità; ma fu un attimo; ella si mise a correre e la bestia muggì potentemente, di corsa dietro di lei.

Risposero altri muggiti, rauchi, profondi. Ella ebbe l'impressione di esser inseguita da tutta la mandria; vide rosso anche lei, e invece di correre per la strada, dove avrebbe potuto salvarsi dietro qualche cancello, andò verso il boschetto. Forse sperava istintivamente che l'uomo, laggiù, l'aiutasse: non sapeva; non aveva neppure la forza di gridare: solo, sentiva alle spalle la bestia, coi suoi boati di mostro marino, e le sembrava di nuotare, di perder forza, di annegare.

Ecco, è nel boschetto; inciampa in un ramo, cade, si rialza di volo e riprende la corsa: ma la bestia ha guadagnato terreno, e adesso lei ne sente davvero a poca distanza il galoppo pesante e il soffio feroce: e i fianchi e le viscere le tremano come già penetrati dalle corna del mostro.

Allora cominciò a urlare: ma chi poteva sentirla?

- Dio, Dio!

Dio forse la sentì. All'estremità del pioppeto, dove questo era stato diradato, ella andò a sbattersi, quasi senza vederla, nella baracca dei taglialegna: la porticina s'aprì in fretta, con pietà e con terrore; ella fu dentro, annaspò, riuscì a chiudere. Era tempo. La bestia era là, dietro la porticina che ne sosteneva eroicamente l'urto ma ne tremava tutta. Legno e donna erano un solo tremito e si stringevano l'uno all'altra per combinare un po' di resistenza; ma la donna sentiva ch'era questione di poco se Dio non l'aiutava.

Ella credeva in Dio.

- Dio mio, Dio mio, eppure mi sono dimenticata di tutto; e sono venuta qui per peccare, per tradire, spinta solo dall'ozio e da questa miserabile carne...

Fuori il toro spingeva e muggiva. La porticina, come disingannata dalla confessione cruda della donna, cadeva, stanca. La fragile serratura si schiodò...

La donna ricominciò a urlare, chiedendo aiuto; ma si sentiva andare a fondo come l'annegato.

Uno sparo scoppiò di fuori, e la palla arrivò fischiando, sicura del fatto suo. La bestia cadde pesantemente come sgarrettata: e anche la donna si lasciò andar giù, senza sensi.

L'uomo dovette anche pagare un forte indennizzo al mandriano accorso poco dopo; tuttavia la sua amica non andò più a spasso con lui.

LA MADONNINA DEGLI INVOLTI

Era una bella notte di luna dell'agosto scorso. Stavo seduta sulla banchina in cima al molo, in colloquio col mare, e mi annoiavo. A lungo andare anche col mare ci si è detto tutto, e viene un momento in cui la voce di un uomo sembra più potente e tumultuosa di quella delle onde agitate.

Cosa non parve poi a me la voce di due giovani che vennero a sedersi sull'estremità della banchina, poco distante da me, e cominciarono a parlare il mio dialetto?

Eppure la Sardegna è di là del mare, lontana quanto i due uomini che parlano la nostra lingua sono lontani dall'immaginarsi che la signora seduta accanto a loro possa capire quello che essi dicono.

Erano due umili guardie di finanza, ma per me in quel momento rappresentavano due ragguardevoli personaggi; e cominciai ad ascoltarli come dalla platea di un teatro si ascoltano due grandi attori in una scena importante.

A dire il vero sul principio la loro conversazione non offrì gran che d'interessante: uno di essi, il più giovane, doveva essere stato fuori perché domandava se nulla di nuovo era accaduto in caserma in tutti quei giorni; l'altro raccontava di un conflitto tra fascisti e comunisti, avvenuto nella piazza del paese, e al quale in mancanza di altra forza erano intervenute le guardie di finanza: la cosa però non interessava nessuno dei due: nessuno dei due si scaldava per la politica, né per i fatti locali; erano come estranei, lontani, e il più vecchio, quello che aveva assistito ai tumulti, ne parlava con indifferenza.

Poi raccontò con più vivacità una caccia al delfino: tre di questi spensierati animali s'erano spinti giocando fino alla palizzata del molo e uno rimase colpito dalla palla di una guardia di finanza. Ma neppure quest'avventura interessava il giovine che fischiettava e pareva tutto raccolto in un suo meditare piacevole. D'un tratto si alzò e si mise a ridere, piano, come fosse solo e ricordasse qualche cosa di molto allegro: una barca senza vele, con dentro alcune figure nere, attraversava la zona luminosa dove il riflesso della luna metteva un subbuglio d'argento, e quando si fu allontanata egli rise più forte e imprecò, poi si rimise a sedere, sempre col fucile abbracciato, e disse, con la sua voce bassa, un po' sorda, lenta e sarcastica:

- La vedi quella barca? Mi fa ridere, e ridere più che altro di me stesso, perché mi ricorda un'avventura che mi è capitata giorni fa. Veramente giorni fa è stato l'epilogo; la storia risale allo scorso anno. Lo scorso anno, tu ancora non eri qui, io guardavo la serva del maresciallo; e lei ci stava, e come ci stava, balla chi l'isconchet, e ancora ci starebbe, se non fossi io lo scottato. Ma, disgraziati noi, che per amore della divisa dobbiamo conservare la nostra castità come i cavalieri di Malta. Ebbene, il maresciallo mi avverte che il regolamento vieta alle guardie di finanza di fare all'amore, almeno in pubblico. La verità è che lui aveva paura di perdere la serva e di non trovarne un'altra. Bene, dico io, obbedisco; ma la ragazza mi veniva appresso lei; finché il maresciallo mi avverte una seconda, una terza volta; alla quarta mi manda alla caserma di disciplina a Porto Molle. Porto Molle? Maledetto chi l'ha inventato, porto duro, dico io: non c'è che la caserma, laggiù, e pietre e scogli per terra e per mare. Nella caserma siamo in quattro uomini e un gatto, abbandonati da Dio e dal prossimo, e non c'è altro da fare che sbadigliare, perché se un tempo il luogo era preferito dai contrabbandieri, adesso che si sa della rigorosa sorveglianza, la tranquillità è perfetta.

Noi guardie si passeggia su e giù tutto il giorno per la spiaggia come impiegati in pensione, e il brigadiere ci permette, quando non siamo di servizio, di giocare alle carte e di bere. Le bottiglie, anzi, le fornisce lui, che le fa pagare tre volte il costo; ma insomma sono sempre gradite, e noi gliene facciamo anche parte.

Ed ecco a rompere la monotonia della situazione si presenta una donna. Accidenti alle donne. Chi è, Sant'Agostino? che dice: dove non c'è il diavolo lo sostituisce la donna. Questa, in fede mia, sembrava una santa. Veniva con la scusa di venderci del pesce, e non sollevava neppure gli occhi a guardarci. Era alta, scalza, bruna come la Madonna; e noi non osavamo neppure scherzare con lei, sebbene il brigadiere ogni volta che la vedeva arrivare gonfiasse le guancie e si arricciasse i baffoni sogghignando... Un giorno la vedo lungo la spiaggia, con un involto in mano: cammina rapida come una cerbiatta, in modo che stento a raggiungerla. Sulle prime cerca di sfuggirmi e non risponde neppure alle mie domande; poi comincia a parlare e non la smette più: mi racconta una storia tragica del padre e di un fratello di lui che avevano una barca in comune e non andavano d'accordo e una notte partirono per la pesca e né la barca né il padre ritornarono più; e che lei, adesso, vive sola col nonno, un vecchio pescatore che manda lei a vendere il pesce per ricavare più soldi, e guai a lei se non lo vende bene. E sospira e sospira, ma continua a camminare rapida come spinta dal vento, finché arriviamo a un punto della spiaggia in direzione al quale, in mezzo a una distesa di tamerici, c'è una capanna che tante volte io ho veduto ed esplorato senza mai trovarci niente. La ragazza mi dice che la capanna appartiene al nonno, e vi si dirige, e io, mammalucco, la seguo: e stiamo lì ancora un po' seduti a chiacchierare, finché mi accorgo che è quasi sera e mi scuoto trasognato.

Che cos'abbia questa ragazza io non so; è come si beva un filtro, quando si sta con lei: sento che se lei volesse mi farebbe disertare.

E non si lascia dare neppure un bacio, ma promette di tornare il giorno dopo e appresso.

E il giorno dopo e appresso sono sempre dietro di lei come un cagnolino, e non mi dò riguardo, tanto in disciplina per amore ci sono già. Il guaio è che a gironzare intorno alla capanna non sono io solo; vedo dei ragazzacci scalzi e anche qualche giovanotto; ma lei giura che non li conosce neppure, che vuol bene solo a me, ed io le credo ciecamente. Per un mese abbiamo fatto all'amore, or sulla spiaggia come gabbiani, or nella capanna come lepri; io ero disposto a sposarla, a ritirarmi dal servizio, e lei prometteva sempre di condurmi dal nonno per la domanda di matrimonio; ma aveva paura, diceva lei, perché il vecchio si serviva di lei come di una schiava e la mandava persino a raccattar legna e a portare grossi pacchi di roba a un suo fratello che stava giù dopo il fiume: infatti la vedevo sempre, quando però non veniva in caserma per il pesce, con involti e involtini, preoccupata e ansante, e, oltre all'amore provavo pietà di lei. Le ho fatto molti regali, anche di valore, l'ho vestita da capo a piedi come una mendicante che era.

Un giorno mancò all'appuntamento: aspetta, aspetta, non viene più. Ho paura che sia malata e la vado a cercare: il nonno, un gran vecchio selvatico, mala fata lo porti, mi accoglie col bastone alzato, urlando che la nipote l'ho fatta fuggire io: accorre gente e per poco non mi ammazzano a colpi di pietra. Il mio dolore, sì, proprio dolore, è tale che i miei compagni non osano beffarsi di me e il brigadiere mi raccomanda al maresciallo perché mi richiami dalla disciplina.

E il maresciallo non ha da pentirsi della sua clemenza perché io la sua serva, in fede mia, né altre donne cristiane né ebree né turche guardo più in faccia. Anzi denunzio apertamente i compagni quando so che vanno appresso a qualche maledetta gonnella.

E divento così serio e attaccato al mio servizio che il maresciallo mi onora di tutta la sua fiducia, tanto che due settimane or sono mi manda in ispezione alla stessa caserma dove sono stato in disciplina.

Nella caserma le cose non vanno più come prima: il brigadiere beve e trascura il servizio, per farsi trasferire, dice lui; figurati se gli altri seguono il suo esempio! La costa è perfettamente abbandonata; e la sera stessa del mio arrivo riesco a prendere un piccolo contrabbandiere con un sacco di paglia con dentro tante bottiglie di spirito.

Naturalmente ero curioso di sapere qualche cosa della ragazza; ma in caserma non era più riapparsa e nessuno ne sapeva niente. Una sera però, sabato scorso, mentre io e un compagno eravamo di servizio lungo la spiaggia, ecco che vedo una barca in mare, in piena luna, come quella che abbiamo veduto poco fa.

I miei occhi, per quanto buoni, m'ingannano, o la capigliatura a torre di una donna seduta a prua è quella della mia sirena stracciona?

Istintivamente tiro indietro il compagno e ci nascondiamo dietro la capanna abbandonata: anche di là vedo benissimo la barca, che tende ad avvicinarsi a riva. È una barca da passeggio, con dentro alcuni uomini, oltre la donna, che suonano il mandolino e ridono e cantano: e dopo un poco si avvicina a una specie di banchina costrutta fra le pietre, e la donna e un giovine scendono.

Scendono e vengono proprio verso di noi, ridendo, parlando ad alta voce e scherzando. Se ti dicessi che il cuore mi stava fermo direi cosa non giusta; mi batteva, ma di rabbia e per un subito pensiero di vendetta: perché è proprio lei, la madonnina degli involti, vestita bene, con le calze di seta e le scarpine scollate: ed è incinta grossa.

S'è sposata? È il marito o l'amante il mammalucco che la segue? Non so niente: so che voglio pigliarmi un gusto, spaventarla e svergognarla.

Tiro su il compagno, ci alziamo come banditi dalla macchia, col fucile spianato, e fermiamo la coppia. A dire il vero nel riconoscermi la ragazza rimase male.

- Signori - dico io - mi spiace ma dobbiamo perquisirli.

- Perché? - strillano.

- Perché è nostro dovere.

- Mi perquisiscano pure finché vogliono - dice il mammalucco; - ma la signorina non deve essere toccata; o se mai dev'essere perquisita da una donna.

- La signorina mi conosce: non è la prima volta che la perquisisco - dico io con calma. - E basta con le chiacchiere. Del resto nessuno vi tocca: spogliatevi da voi.

L'uomo si spogliò, rovesciò le tasche, si scosse la camicia: cercava di farci ridere, ma senza riuscirci.

- E lei? - dico alla ragazza che rimaneva ferma e pensierosa.

E d'un tratto ella mi guardò negli occhi e sghignazzò:

- Non mi hai perquisito bene, le altre volte - disse slacciandosi la veste. E intorno ai suoi piedi cadde una muraglia di pacchi e pacchettini: tutta roba di contrabbando.

VERTICE

Appena arrivati al paesetto alpestre, i due stranieri non più giovani ma ancora vigorosi, che dovevano essere marito e moglie, o forse anche fratello e sorella poiché si rassomigliavano, chiesero se si poteva fare subito la salita alla cima della montagna.

La guida era sempre lì pronta, con quanto occorreva; si partì dunque subito: dieci ore di salita, ed ecco al riparo dell'immenso macigno che è come il cappuccio del monte, il Rifugio dove i viaggiatori entrarono con piacere perché già cominciava a soffiare il vento.

Nulla manca nella solida cameretta che resiste alla persecuzione folle del vento e alle intemperie invernali; i letti addossati alle pareti, l'uno sopra l'altro come nelle cabine dei piroscafi; le panche, la tavola, le stoviglie; e come l'altare nella chiesa, il camino profondo nella cui canna il vento già suona appunto una grave musica d'organo.

Sebbene di piena estate faceva freddo. La guida però aveva portato due buone coperte di lana, e la signora ammise che erano più utili del vasetto per fiori che lei teneva, assieme con una corda, nella sua borsa: tanto più che i fiori si lasciavano sognare, e non c'era pericolo di arrischiare la vita con l'andare a raccoglierli sulle cime.

Le cime erano tutte nude, di roccia nera, ma del nero brillantato dello schisto che al riflesso ultimo del tramonto prendeva il cupo tono rosato della brage che lentamente si carbonizza: solo qualche felce agitava le sue grandi mani verdi nei nascondigli dove il vento non riusciva a divorare la terra.

Eppure, senza fiori, senza erba, senz'alberi, si aveva l'impressione di una ineffabile primavera: quella primavera di febbraio, nuda, nuova, piena di promesse. La neve si scioglieva nei burroni, e se ne sentiva l'odore. La guida accese il fuoco nel camino e arrostì la coscia di capretto portata dal paese; c'era anche il vino, e i viaggiatori si ristorarono completamente. Ma il vento cresceva, sempre più incessante, come rabbiosamente destato e irritato dalla presenza degli uomini nel suo dominio; e il freddo, anche, si faceva intenso; non c'era dunque che d'andarsene a letto e aspettare l'alba.

- Di solito all'alba il vento cessa e vien su una bellissima giornata - disse la guida chiudendo la porta col catenaccio.

- C'è pericolo dei ladri? - domandò la signora, che parlava poco e non rideva mai.

- Non se n'è mai visti; la montagna è completamente disabitata e la salita, come abbiamo veduto, non è facile: ad ogni modo per stanotte certo non verranno.

- Eppoi anche se vengono! - esclamò l'uomo, con un sorriso ironico, toccandosi le saccoccie; ma a un rapido sguardo della donna aggiunse gravemente: - Ci sapremo anche difendere.

E trasse la rivoltella, che depose sulla tavola. Ed ecco subito qualcuno batté alla porta.

La donna trasalì.

- Niente paura - esclamò la guida. - So ben io di che si tratta.

E riaprì la porta bestemmiando. Non c'era davvero da intimorirsi; un ragazzino pallido vestito di stracci e con un gran berretto a visiera forse perduto da qualche escursionista, stava davanti alla porta, e guardò la guida con due occhi scuri, fissi, che imploravano ma non speravano. Infatti, gli fu subito minacciosamente indicato di andarsene. Invece di obbedire, egli volse agli stranieri, che s'erano avvicinati curiosi, i suoi tristi occhi di animale addomesticato, e, poiché la guida accennava a chiuder la porta, mise la sua manina giallognola e adunca sul legno dello stipite, deciso a farsela schiacciare; e tremava tutto, di freddo, di paura, ma esagerando.

- Chi è? - domandò la donna.

- Ma è la mia croce, signora! È un idiota, sordo muto, che viene sempre appresso quando si fa qualche gita, per chiedere l'elemosina.

- E fatelo entrare - disse l'uomo.

- Mai più. È pieno di pidocchi, e se si attacca non lascia più in pace. Vattene! - urlò, strappandogli la mano dallo stipite.

- Non permetterò mai una crudeltà simile, - disse l'uomo con forza, - lasciatelo entrare; la notte è troppo brutta per scacciare così una creatura di Dio.

- Ma non dubiti, ci ha il suo covo, più riparato di questo rifugio: sa tutti i buchi della montagna. Adesso gli dò un pezzo di pane, e basta.

Mentre però egli andava verso la tavola per prendere il pane, lo straniero fece cenno al ragazzo di entrare e richiuse la porta. La guida non nascose la sua contrarietà: ma non osò insistere; gettò il pezzo del pane al ragazzo come ad un cane e come ad un cane gli accennò di accucciarsi nell'angolo dietro la porta, e di non muoversi più. Il ragazzo però si sentiva protetto; scivolava con le spalle contro la parete tentando di avvicinarsi al camino, e morsicando il pane non cessava di fissare gli occhi dello straniero. Ed erano occhi quali egli non ne aveva veduto mai: di un azzurro luminoso, dolci e pietosi come quelli di Gesù.

La donna, invece, dopo il primo impeto di curiosità più che d'altro, pareva anche lei un poco ostile: e anche i suoi occhi erano azzurri, ma freddi e tristi come il cielo di quella notte lassù.

- Domani mi pagherai tutto - disse la guida con gesti minacciosi, mentre lo straniero gli si metteva davanti in modo che il ragazzo raggiunse il suo intento, ch'era quello di accucciarsi nell'angolo del camino: una volta lì non si mosse più; rosicchiava il pane, e adesso i suoi occhi fissavano il fuoco, e pareva che di null'altro al mondo gl'importasse.

Tutta la notte il vento soffiò con ira implacabile, sbattendosi come uno spirito maligno contro le pietre del rifugio: pareva volesse a tutti i costi scovare gli uomini lì nascosti e buttarli giù nei burroni della montagna.

Mentre la guida russava come fosse a casa sua, lo straniero non poteva chiuder occhio; di tanto in tanto sollevava la testa e guardava se il ragazzo era lì: era lì, raggomitolato nel cerchio della sua ombra, e dormiva profondamente. E lo straniero lo invidiava. Poi il fuoco si spense, e il sonno, unico bene della terra che non inganna, scese anche sul rifugio tormentato.

Allo svegliarsi, fu uno stupore profondo, quasi l'illusione di un sogno. Il vento era completamente cessato: il sole illuminava le pareti del rifugio con un chiarore iridescente, e il cielo era vicino, lì sulla porta, d'un azzurro vivo, netto, che pareva non avesse mai conosciuto la macchia delle nuvole.

Affacciandosi alla porta si vedevano le valli e le falde della montagna allagate di nebbia chiara e ondulante, talché pareva di essere in un'isola deserta; e il silenzio infinito, e la purezza dell'aria davano un senso di leggerezza, di libertà.

Gli stranieri si mostrarono talmente presi dalla bellezza del luogo, che espressero il desiderio di restarci qualche giorno. Mancavano però i viveri: allora fu proposto alla guida di ritornare al paesetto e risalire con altre provviste: sarebbero ridiscesi poi tutti assieme; per persuaderlo gli fu offerta l'anticipazione del compenso e di quanto altro occorreva; e sebbene protestando egli finì con l'accettare.

Il ragazzo, intanto, era scivolato fuori del rifugio, e aspettava, addossato al muro, senza mai perdere d'occhio lo straniero. E lo straniero a sua volta badava a che la guida non mantenesse le minacce della sera prima: però cominciava a infastidirsi anche lui: trasse un pugno di monetine dalla tasca dei pantaloni e accennò al ragazzo di avvicinarsi, anzi gli andò incontro e gliele diede ma indicandogli bonariamente di andarsene.

E quello obbedì subito, balzando di roccia in roccia coi suoi stracci all'aria come le piume selvagge di un nibbiotto.

Rimasti soli, i due sedettero sulla panchina di pietra accanto alla porta del rifugio, e l'uomo prese la mano della donna.

Ella trasalì, come quando aveva sentito bussare alla porta, e la sua vibrazione si comunicò all'uomo; tremarono entrambi, per un attimo, come gli anelli d'una stessa catena, poi l'uno cercò di nascondere il proprio turbamento all'altro, e la vibrazione cessò.

Non si guardavano; non pronunziarono una parola.

La nebbia si diradava ai loro piedi e il panorama si denudava, con le sue vaste ondulazioni grigie e verdi, fino al limite argenteo del mare; ma essi non guardavano più nulla: e anche il viso dell'uomo, privo del suo sorriso, aveva qualche cosa di freddo, di rigido, come quello di un morto.

D'un tratto egli si alzò e andò in fondo al breve spazio davanti al rifugio; guardò in su, cercando il passaggio che portava all'estremo vertice del monte, poi tornò verso la compagna.

Anche lei si alzò: prese la corda che aveva deposto sulla panchina, e seguì l'uomo che la precedeva a testa bassa.

Camminavano senza affrettarsi, badando bene dove posavano i piedi. La salita era ripida ma non difficile: lo schisto brillava e mandava odore di metallo.

D'un tratto, dove il sentiero spariva per lasciare ai viaggiatori il rischio di arrampicarsi su una specie di scaletta naturale, l'uomo si fermò per lasciar passare la donna avanti. Ella sollevò lievemente le spalle; non le importava del pericolo, tuttavia passò avanti e continuò la salita senza mai piegarsi né avanti né indietro.

Una piccola piattaforma circolare formava il vertice della cima; la pietra sembrava levigata dal vento e dava quasi un senso di paura a guardarla; bisognava guardare lontano, per non perdere l'equilibrio, l'attaccamento alla terra che sostiene in piedi.

Una parete a picco, spaventosamente profonda scivolava giù a nord, dentro un abisso dal quale saliva un alito gelido che sembrava il respiro stesso della morte; e fu appunto verso questo limite che i due s'avvicinarono.

La donna svolse lentamente la corda e se la passò intorno alla vita, poi mentre con una mano ne teneva ferma un'estremità porse l'altra all'uomo; egli fece un cenno vago, per significare forse che tutto era inutile, oramai, che erano bene uniti per l'eternità anche se i loro corpi andavano dispersi lontano l'uno dall'altro; tuttavia prese la corda e se la passò anche lui intorno alla vita.

La donna la riprese, ma mentre stava per annodarla trasalì una terza volta.

Due zampe come d'aquila, prima l'una poi l'altra, si ficcarono sull'orlo ad ovest della piattaforma; poi apparve il berretto, poi la testa del ragazzo: e d'un balzo egli fu accanto ai viaggiatori, sicuro e dritto come nella piazza del paesetto.

Non si preoccupò nel vederli legati: di solito i viaggiatori paurosi facevano altrettanto: solo si guardò attorno per assicurarsi che non c'era la guida.

Allora accennò all'uomo di seguirlo, e alla donna di star lì ad aspettare; e come nessuno dei due gli dava retta, trasse di tasca una pietra sfaccettata, brillante e pesante, e la porse all'uomo.

L'uomo la guardò e i suoi occhi parvero rifletterne le scintille.

- Questo è argento; dove l'hai preso?

Il ragazzo accennò ancora di seguirlo; e la donna disse:

- Va, ti aspetterò qui.

Quanto tempo aspettò non seppe mai. S'era accucciata per terra, come il ragazzo davanti al fuoco, e si sentiva circondata di tutto l'azzurro dei sogni della fanciullezza.

Finalmente l'uomo riapparve, si buttò accanto a lei un po' anelante.

- Si tratta proprio di un giacimento argentifero, di metallo allo stato quasi puro - disse. - Il ragazzo afferma che nessuno lo sa, che non c'è proprietario; che posso essere io il padrone. In tutti i modi, capisci sarebbe la salvezza dalla nostra rovina, dal disonore... dalla morte... - aggiunse senza voce.

- Tu lo meritavi - ella disse con semplicità.

DIO E IL DIAVOLO

Il paese è povero perché i suoi abitanti sono tutti sognatori e solitari, o gli abitanti sono solitari e sognatori perché il paese è povero?

Bisogna dire che questo paese giace - è la parola adatta - in fondo a una valle arida e nuda, come un bambino rachitico nella sua culla.

D'inverno l'ombra, d'estate un sole terribile a picco; e d'estate e d'inverno un'aria ferma, afosa, un cielo basso attaccato come un velo ai culmini rocciosi della valle, lo coprono d'incubi.

Il vento lo si ode solamente di lontano, in alto, come sopra una fitta foresta, ed è questo mormorio quasi misterioso, questa voce che pare quella del mondo sconosciuto, che fa sopratutto sognare, come l'organo in chiesa.

E in chiesa vanno volentieri questi poveri valligiani che credono in Dio; e specialmente ci vanno le donne, che al solito sono l'esagerazione dei maschi e se questi sognano e amano star soli, esse sono fantastiche e ipocondriache, pure conservando nella vita di ogni ora uno spirito pratico e minuzioso che le porta ad industriarsi in tanti modi e ad accumulare denari più che gli uomini.

A differenza degli altri paesetti solitari dove il canto in chiesa è una specie di sfogo, un lamento, una richiesta e uno slancio della comunità verso Dio, qui la preghiera è silenziosa: ciascuno domanda per conto suo; e tutti ascoltano l'organo come la voce lontana del vento, come la promessa di un mondo migliore.

Le donne piangono in silenzio, gli uomini si sentono come ubriachi quando tutto loro pare chiaro e facile e la verità galleggia sopra la menzogna.

Appunto nell'ascoltare l'organo che accompagnava il Te Deum, l'ultima sera dell'anno, il figlio della fattucchiera si sentì d'un tratto diverso di quello ch'era stato finora. Finora era stato un ragazzo incosciente e disgraziato; bastardo, figlio di quella madre, incapace di un lavoro serio e continuo.

Aveva tentato tutti i mestieri o meglio era stato apprendista presso tutti i maestri, dal maestro di carri al maestro di muri, da quello di ferro a quello di legno, senza fermarsi da nessuno e senza concludere niente.

Adesso si sentiva d'un tratto capace di fare tutte quelle cose assieme, fuori del paese però, in un luogo aperto dove si potesse respirare e dove nessuno conoscesse il suo vero nome e il mestiere di sua madre.

In fondo egli non disprezzava sua madre: dopo tutto ella sfruttava in buona fede la credulità del prossimo per campare, lei e il figlio, ed era sempre malaticcia, spesso assalita da convulsioni durante le quali diceva parole strane; cosa che appunto le aveva procurato i primi consulti e i primi successi di veggente: e anche lei non si vergognava del suo mestiere.

Il guaio è che era la gente a vergognarsi di consultarla: tutti la consultavano e avevano bisogno di lei come dell'acqua, ma nessuno la riceveva in casa propria, e se l'avessero veduta in chiesa l'avrebbero cacciata via a colpi di pietra.

Anche il figlio era guardato in cagnesco, e anche lui a volte sentiva la voglia di mordere i clienti di sua madre.

Quella sera no: quella sera il popolo cantava insolitamente in coro, ringraziando Dio per aver passato bene o male l'anno.

Bene o male, finché si è vivi tutto ancora è bello.

E anche lui cantava, e d'improvviso, si sentiva alto, sano, con una misteriosa gioia in cuore: sentiva i piedi forti entro le scarpe nuove che la madre gli aveva comprato il giorno avanti, e le gambe agili, e le ginocchia come ruote unte: e una smania di andare, di salire la valle, di trovare il vento.

I suoi capelli folti e lunghi avevano bisogno del vento, la sua bocca grande e i denti forti volevano masticare qualche cosa che non fosse il pane della fattucchiera, e finalmente le sue pupille nere circondate d'oro e d'azzurro avevano bisogno di vedere l'orizzonte che vede l'aquila dal vertice dei monti.

E anche lui ringraziava Dio che gli slacciava il cuore da troppo tempo stretto dal dolore.

- Mamma, - disse appena rientrato a casa, - io parto.

- Parti? E dove vai?

- Vado in cerca di fortuna.

Ella preparava la cena, nella piccola cucina ordinata e pulita che non ricordava per nulla la casa della strega o l'antro della Sibilla. E anche lei era una donnina pulita che di dietro, per il gran nodo di capelli neri e l'esile nuca pareva una fanciulla, e davanti per i capelli grigi e il viso emaciato una vecchia sofferente.

Non rispose subito alle parole del figlio: ed egli non si preoccupò per l'indifferenza di lei. Di solito erano di poche parole tutti e due, e non si confidavano mai l'uno con l'altro: se egli però in quel momento avesse potuto intendere il pensiero di lei si sarebbe forse turbato.

Ella sapeva che cosa vuol dire andare in cerca di fortuna, per uno che come suo figlio non era mai uscito dal paese e non aveva un mestiere fisso e denari in saccoccia e, quel che più vale, nessuna esperienza del mondo: voleva dire perdersi, abbandonarsi al vento come la foglia che si stacca dal ramo.

E lei non voleva, no. Lei s'era data alle pratiche del diavolo per far vivere bene il figlio; e il diavolo adesso, quasi non gli bastasse l'anima di lei, glielo voleva prendere vivo. Ma si poteva venire a patti, col diavolo; ella farebbe quello che aveva giurato a sé stessa di non far mai, né in bene né in male, per il figlio: una fattura che gl'impedisse di partire.

Ecco perché taceva: era una donna che non sapeva fingere, ma aveva la terribile forza del silenzio; e dall'accento del giovine e specialmente dall'espressione mutata del suo viso capiva che era inutile combattere con le parole.

- Vai in cerca di fortuna, - disse infine, apparecchiando la piccola tavola di cucina; - e dove vai?

Egli cominciò a parlare; e non si accorgeva che intanto la madre lo ingozzava più del solito, e dava tutto a lui, che ne era ghiotto, il fegato di maiale, regalo di una sua cliente; e tutto a lui il formaggio cotto, e il vino che piaceva anche a lei.

Ma a sua volta, con tutta la sua esperienza umana e sovrumana, ella non si accorgeva che più il ragazzo era soddisfatto, più i suoi progetti avventurosi prendevano forza.

Fra le altre cose, per convincerla a lasciarlo partire, egli portava ad esempio il solo uomo del paese che s'era arricchito perché aveva il coraggio di muoversi: era un negoziante di bestiame, uno che dal nulla s'era fatto signore e sposava le figlie a nobili e impiegati.

E i lobi delle orecchie gli si facevano rossi come ciliegie, parlando di quest'uomo, perché pensava alla sua figlia più giovane, con un sentimento che non osava neppure esaminare.

La madre lo ascoltava con pazienza, ma sogghignava fra di sé: perché lei sola sapeva chi era e da che cosa proveniva la fortuna di quell'uomo.

Quando si convinse che il figlio era deciso a partire, a derubarla e andarsene di nascosto se lei si opponeva, anche lei provvide a far la fattura.

Bisognava anzi tutto ottenere un po' di lievito da una sposa che facesse la prima volta il pane nella casa maritale; e poi qualche goccia di vino di quello che serviva per la santa messa. Queste goccie di vino le fu facile ottenerle la sera stessa della fattura dal sagrista che spesso la serviva di cose di chiesa: per il lievito aveva faticato un po' di più, perché, come si è detto, tutti la sfuggivano e la sposa capiva che si trattava di faccende equivoche.

- Ti giuro che è per le frittelle di pasta che voglio fare al mio ragazzo - ella aveva detto con accento grave: e finalmente ecco ottenuto il lievito.

Infatti fece fermentare la pasta per le frittelle con l'anice che piacevano tanto al ragazzo: e il vino della santa messa fu mescolato al vino che egli usava bere.

Poi ella fece lo scongiuro. Questo era più complicato. Bisognava recitare il Credo alla rovescia, cioè sostituire ai santi nomi di Dio e di Gesù, quelli di Lucifero e di Lusbé che è il diavolo maggiore; indi fare una specie di seduta spiritica.

Ella sedette, al buio, davanti alla piccola tavola di cucina e vi mise su le mani con le dita aperte, i pollici che si toccavano: recitò il credo nefando, poi domandò con voce turbata:

- Ci sei?

Il piede della tavola si sollevò subito e batté un colpo che parve una zampata di bestia.

- Ah, lo sapevo che saresti venuto subito questa volta - ella pensò con rancore: e si sentì tutta fredda in viso e alle spalle, sebbene sudasse.

Era veramente il diavolo quello che le rispondeva? In fondo ella non ci credeva; ma il fatto è che la tavola si moveva, e i colpi avevano qualche cosa di vivo, di bestiale, e impressionavano più che se avesse risposto una voce.

Dopo un momento di esitazione ansiosa ella riprese:

- Tu sai perché ti chiamo? No? Non vuoi rispondere, adesso? Eppure devi saperlo. Rispondi. Lo sai o no?

Fu risposto di no.

- Ebbene, mio figlio vuole partire. Sei tu che lo hai sobillato? Se sei tu smettila. Lasciamelo in casa. Non ti basta l'anima mia? Lo lasci?

La tavola si alzò come un cavallo infuriato sulle sue zampe posteriori, si riabbassò, cominciò a picchiare colpi nervosi e forti: pareva cercasse i piedi della donna per schiacciarli. Ed ella la teneva appunto come un cavallo a freno, ma tremava tutta e sentiva venire le convulsioni; perché protestava così lo spirito maligno? Ella cercò di placarlo.

- Ebbene, se non sei tu che lo sobilli, tanto meglio. Ma sii buono, aiutami a tenerlo in casa. Mi aiuti? Ti aiuterò anch'io.

Com'ella avrebbe potuto aiutare il diavolo non sapeva, o meglio lo sapeva confusamente: aiutando qualcuno a fare il male.

Ad ogni modo la tavola si calmò: il diavolo promise di aiutarla. Ed ella ritirò le mani e col corpo tutto umido di sudore gelato si piegò di qua e di là della sedia finché cadde a terra svenuta.

Nella notte il giovine che aveva mangiato un mucchio di frittelle e bevuto tutto il vino della bottiglia, si sentì male: gli vennero forti dolori di corpo, e vomiti violenti seguiti da singulti e singhiozzi incessanti.

Un sudore freddo, simile a quello della madre quando evocava il diavolo, lo bagnava tutto; il viso era violaceo, le estremità gelate.

- Mi avete dato il veleno - singhiozzò alfine, e pareva piangesse. - Perché, mamma, perché, perché?

Piena di terrore e di angoscia ella fu per confessargli ogni cosa; non lo fece per non aggravarlo di più: a buon conto gli diede un beveraggio contro i veleni. E mentre gli asciugava il sudore e lo aiutava a sollevarsi e rimettersi giù, pregava.

Era una preghiera terribile, la sua, un atto di accusa della sua coscienza in tumulto, un grido che sebbene senza voce doveva risonare fino alle stelle, fino al trono di Dio.

- Tu hai ragione di togliermelo, Signore; io ho chiesto a Satana di farmelo restare in casa, e forse Satana non può nulla contro di te, e me lo fa morire per mantenere in qualche modo la sua parola. Così, così me lo fate restare e partire, tutti e due assieme, tutti e due sempre in lotta e sempre d'intesa per il nostro dolore. Sia però fatta la tua volontà, o Signore, solo la tua volontà.

- Chiamatemi il prete, - disse il figlio; - mi sento morire.

Ella corse, nell'alba fredda e chiara, e batté alla porta del Dottore, poi a quella del prete.

Il Dottore, sebbene avvertito che si trattava di un caso urgentissimo, si fece aspettare; il prete venne subito. Era un uomo anziano ma forte ancora, violento; un fanatico che se occorreva frustava gli infedeli; e nel paese quindi era temuto più che amato; qualcuno anzi lo odiava, con quella passione silenziosa e inesorabile ch'era la caratteristica degli abitanti.

Dopo che il giovine si fu confessato e alquanto calmato egli disse alla donna:

- Dovresti confessarti anche tu, strega. Caccia via di casa tua il diavolo e ritorna a Dio che è il solo padrone del mondo.

Ella approvava con la testa, ma era a cagione di un tremito nervoso che le rimase poi lungo tempo.

- Sì, - confessò, - gli ho fatto la fattura perché non partisse.

Non disse però del vino santo mescolato a quello di lui, per non far danno al povero sagrista.

- E perché volevo che non partisse? - proseguì fredda, quasi crudele. - Dicevo a me stessa che era a scopo di bene per salvarlo dai pericoli, ma invece era perché dispiaceva a me vederlo andarsene, e restare sola come una fiera, senza sostegno, senza nessuno che mi volesse bene in questo covo di serpi fredde. E così forse andavo contro la volontà del Signore che voleva che il mio ragazzo se ne andasse lontano da questa madre che non ha saputo allevarlo bene, che non lo ha amato se non per mezzo di bocconi e di bicchieri di vino; che gl'ingrassava il corpo e non gli coltivava l'anima.

- Basta, basta, - gridò il prete, tuttavia commosso, - questo non dovete saperlo voi. Non bisogna giudicare Dio: basta servirlo e adorarlo; allora tutto va bene.

Ed egli morì un'ora dopo, avvelenato col vino della santa messa. Il giovine invece si salvò.

L'AGNELLO PASQUALE

Il ragazzo stava seduto a studiare, ma tendeva l'orecchio per sentire se il padre tornava, perché al padre, terrazziere alla giornata spesso disoccupato avevano finalmente promesso un posto fisso, e da questo dipendeva forse l'avvenire del figlio.

Ci si erano messi di mezzo i preti, perché il terrazziere era un uomo religioso fino alla semplicità; e dunque si sperava in bene.

Infatti l'uomo tornò a casa con un viso beato: aveva ottenuto.

Aveva ottenuto un posto di aiutante interramorti con lo stipendio fisso di lire cinquecento al mese, oltre le mancie.

La moglie lo guardava con ammirazione incredula, tanto la cosa, cioè lo stipendio fisso, le pareva straordinaria e bella: il resto non la riguardava.

Il ragazzo, invece, voltosi sulla sedia ad ascoltare, s'era fatto rosso su una guancia e pallido sull'altra. Il sangue gli andava su e giù su e giù come l'acqua entro la bottiglia che la madre sciacquava: perché infine egli avrebbe preferito esser figlio di boia piuttosto che di becchino.

Come si fa, d'altronde, a vivere? Vivere bisogna, e dalle beffe dei compagni ci si salva coi pugni e i sassi ben tirati.

Questo proposito non lo sollevò: il sangue continuava a ribollirgli in corpo, a tingere di rosso le pagine del libro.

Con un calcio mandò indietro la sedia; trasse di tasca il fazzoletto tirandolo quanto era lungo e se lo legò intorno alla fronte come quando la testa gli doleva per il troppo studiare; poi si affacciò alla finestra.

Giù la strada nuova appena fornita di ghiaia gli offrì per confortarlo quanti sassi voleva; e duri turchini aguzzi come scheggie di metallo: si poteva con essi abbattere tutto un esercito nemico. Ma non era questo che più lo preoccupava: in fondo non gl'importava nulla dell'opinione dei suoi compagni, i quali, del resto, avevano anch'essi le loro magagne, e chi era figlio di scopino di strada e chi di lavandaia: uno aveva il padre in carcere, un altro la madre donna perduta. Con un sasso e una parolaccia si mettevano a posto; ma quello che più lo disprezzava non si poteva far tacere, no, perché quello era lui in persona.

Un avvenimento giù sotto la finestra lo distrasse.

Di là della strada appena finita si stendevano ancora i prati col gregge al pascolo, sebbene si fosse al confine della città. Il tramonto di marzo, con rosse nuvole dietro i mandorli fioriti, coloriva le cose. Faceva caldo, e nell'aria e nei prati c'era un senso di febbre come quella che nei fanciulli viene chiamata febbre di crescenza.

Il ragazzo dunque vide un piccolo agnello nero con le gambe ancora storte sbucare dalla siepe e aggirarsi smarrito nella strada rispondendo coi suoi belati infantili ai grossi belati del gregge: e dapprima agitò il fazzoletto che s'era strappato dalla testa, poi si sporse fischiando, infine scese di corsa nella strada.

Qualche cosa d'insolito accadeva nel prato. Il piccolo pecoraio, montato sull'asino che serviva di guida al gregge, correva di qua e di là da una siepe all'altra, destando uno smarrimento di follia nelle pecore che cercavano di seguirlo e tornavano indietro e si cozzavano e si urtavano con un subbuglio di onde in tempesta.

I ragli dell'asino e gli urli del pecoraio impazzito risonavano fra il belare disperato delle povere bestie che si chiamavano fra di loro e chiamavano i figli dispersi: un'ondata di polvere e di cattivo odore arrivava fino alla strada.

- È primavera - disse il ragazzo all'agnellino nero, rincorrendolo lungo la siepe. E quando l'ebbe preso lo sollevò e se lo portò a casa.

Questa casa era un antico cascinale di contadini che una impresa per costruzioni aveva cominciato a demolire sospendendo poi i lavori e lo sfratto intimato al terrazziere.

Il ragazzo portò dunque l'agnellino in quella che un tempo era la stalla, lo depose entro la mangiatoia e chiuse la porta perché non se ne sentissero i belati. E non sapeva perché facesse tutto questo: forse per svagarsi da quel pensiero del padre; forse spinto dall'istinto di compiere una cattiva azione per far dispetto al padre scrupoloso fino a non volere che si cogliesse neppure l'erba nei campi altrui e quindi restava un miserabile, un becchino.

L'agnello continuava a piangere, a chiamare la madre.

Aveva messo le zampette anteriori sull'orlo della mangiatoia e sporgeva la testa ricciuta, ma non osava e non poteva saltare giù. Il ragazzo lo guardava con cattiveria e con tenerezza:

- Mi sembri un predicatore sul pulpito - disse accarezzandolo sul dorso. - E metti giù le zampe e sta zitto, figlio di un cane. Adesso ti porto un po' d'erba; poi, se stai buono più tardi ti riconduco da tua madre. E se non la smetti ti strozzo.

Tirò fuori di nuovo il fazzoletto e lo attortigliò in lungo formandone una specie di corda: poi lo rimise in tasca e andò a cercare l'erba avendo cura di lasciare la stalla aperta onde far credere, se si scopriva l'agnello, che vi era entrato da sé.

Dalla strada ascoltò se si sentivano i belati: si sentivano, ma confusi con quelli del gregge che s'era tutto accostato alla siepe come una nuvola che scende all'orizzonte.

Il pecoraio restava però in fondo al prato e parlava con una donna che stendeva grandi lenzuola candide lungo la siepe opposta; e l'asino, lasciato libero, si avvoltolava per terra, di qua e di là, di qua e di là, con la pancia grigia all'aria, ragliando forte.

E il ragazzo, con un ciuffo d'erba in mano, si mise a imitare quell'urlo rauco e fischiante che irrideva la tristezza smarrita delle pecore, la storditaggine del pecoraio e la letizia del tramonto primaverile.

L'agnello rifiutò l'erba, rifiutò il latte che il ragazzo andò a prendere di nascosto della madre e gli porse in un piattino come si usa coi gatti piccoli. Non voleva nulla, l'agnellino nero; voleva la madre, e tendeva l'orecchio al lontano belare del gregge sbattendo le corte palpebre sugli occhi velati di terrore.

Il ragazzo lo riprese fra le braccia, cullandolo alquanto, sfiorò la guancia sul vello morbido che odorava di caglio, e pensò di riportarlo fuori: poi lo ripose nella mangiatoia. Aveva paura che il pecoraio lo vedesse. - Più tardi, eh? - promise sottovoce, chinandosi sulla mangiatoia.

E con sorpresa vide che l'agnello si piegava sulle zampe e s'accovacciava, rassicurato dalla promessa. Allora tornò su in casa lasciando la stalla aperta.

Più tardi il padre e la madre uscirono. Andavano a prendere possesso dell'importante ministero di lui. Il ragazzo promise di stare a casa, a studiare: e da studiare ce n'aveva, poiché erano gli ultimi giorni delle vacanze di Pasqua; ma non gli riusciva più di riaprire il libro.

Si affacciò di nuovo alla finestra, e vide quei due che se ne andavano per la strada turchina, lui piccolo come un ragazzo, vestito in colore della terra, un po' curvo e con le mani giunte come un fraticello; lei alta con le vesti che le cadevano giù per la magrezza e i capelli grigi sbiaditi più che dall'età dalla miseria e dalla debolezza: anche di lontano si sentiva la sua tosse.

Egli voleva bene alla madre, e quella tosse lo perseguitava giorno e notte. E sapeva ch'ella aveva bisogno d'aria di mare, e non d'aria di cimitero. E anche lui aveva bisogno d'aria di mare: invece quando quei due tornerebbero a casa puzzerebbero di morti.

Con chi pigliarsela, d'altronde? - Viva Lenin - gridò dalla finestra. E il belare delle pecore gli rispose.

La sua rabbia era tale che sentì il bisogno di stringersi di nuovo la testa col fazzoletto ancora attorcigliato, poi dalla fronte se lo calò alla bocca, e infine se lo strinse al collo in modo da farsi venire un urto di vomito.

Gli pareva d'impazzire, come il pecoraio, l'asino, le pecore stordite; come tutte le erbe e le foglie che adesso si agitavano al vento.

Più tardi vide il pecoraio che mandava avanti l'asino giù per il varco della siepe e aizzava poi le pecore a seguirlo.

Ma solo quando il cane si alzò sbadigliando dal posto dove aveva creduto bene di sonnecchiare tutta la giornata, e un po' intontito andò appresso all'asino, una pecora si decise a passare il varco: allora come tirate da un filo invisibile una dopo l'altra o a due a due uscirono le altre, sempre col muso a terra, con le faccie una diversa dall'altra ma tutte trasognate e buone.

In mezzo andava il montone, belando grosso; in ultimo seguivano gli agnellini zoppicanti, come le nuvolette che si sperdono dietro le nuvole grandi.

Una nebbia di polvere camminava con loro, e il pecoraio fischiava trascinando il bastone e inciampando, senza avvedersi che qualcuno mancava dal gregge.

Ma dovette accorgersene il padrone perché la mattina dopo un altro ragazzo venne con le pecore e stette sempre in mezzo a loro guardandosi torvo intorno.

Anche il figlio dell'ex-terrazziere guardava dalla finestra, con gli occhi stralunati. La madre era andata a fare un po' di spesa, il padre laggiù per quel bel mestiere.

Egli guardava i prati bianchi di rugiada, la macchia del gregge al sole, il pecoraio e l'asino neri di contro all'azzurro chiaro dell'orizzonte.

Tutto era tranquillo, adesso; i mandorli coperti di migliaia di farfalle bianche, ognuna con due perle di rugiada sulle ali, le pecore che pascolavano in silenzio, l'agnellino giù nella mangiatoia.

Quanto tempo era passato dalla sera avanti? Molto, molto tempo: tutta una vasta notte nera che aveva completamente cambiato l'aspetto delle cose versandosi sul mondo come una macchia d'inchiostro sulla pagina bianca del quaderno.

Dalla finestra il ragazzo sentì la tosse della madre: si ritirò e si mise a studiare.

Quando ella entrò col suo fazzoletto della spesa, egli sentì un cattivo odore, un odore di baccalà guasto, e pensò al padre e gli venne da vomitare come quando s'era stretto il fazzoletto al collo.

Si alzò di scatto e prese la posizione di quando il professore lo interrogava.

- Mamma, devo dirti una cosa: ieri, mentre eravate fuori, un agnellino qui del gregge è entrato nella stalla; io mi ci sono messo a giocare, l'ho preso fra le braccia e si vede che l'ho stretto assai perché è morto. Vieni a vedere; è giù.

- Tu sei pazzo - gridò la madre, poi fu presa da un colpo di tosse che le impedì di continuare; tuttavia seguì il ragazzo, e tirò su lei l'agnello già un po' rigido e con gli occhi spalancati di vetro nero.

- Come si fa, adesso; è un bell'impiccio - disse finalmente, guardandolo da tutte le parti. - Tuo padre, poi!

- Io direi di scorticarlo, mamma. A papà si dice che l'hai comprato, per Pasqua. Adesso si può comprare qualche cosa, accidenti! Siamo così miserabili perché viviamo sempre d'erba come le pecore. E papà adesso ha diritto a mangiar bene.

Era arrabbiato, il ragazzo, e la madre non protestò; pensava piuttosto da chi far scorticare l'agnello, poiché lei non era buona.

E il giorno di Pasqua il padre, che già portava a casa le mancie, ed era stato a comunicarsi, approvò la moglie di aver comprato l'agnello. Da tanto tempo non se ne mangiava: e lo mangiò quasi tutto lui, perché la moglie a causa della tosse non aveva mai appetito, e il ragazzo non ne volle. Era un po' stralunato, il ragazzo, forse perché studiava troppo: nel vedere che il padre rosicchiava le ossa con voluttà ferina si mise però a ridere.

- E perché ridi adesso?

Egli non lo disse, anzi ricadde nel suo fantasticare. Pensava ai preti che proteggevano il padre per la sua devozione. Se avessero saputo!

Eppure anche lui, nel caos che turbinava nella sua coscienza, ritrovava confusamente un senso di mistero religioso. Aveva piacere che il padre godesse: che l'agnello fosse sacrificato a lui come al padre dei cieli.

L'ANELLO CHE RENDE INVISIBILI

Da bambina aveva sentito raccontare di un anello che messo al dito rende invisibili. E un altro bambino suo amico, figlio di un pescatore, affermava che quest'anello era lo stesso che tutti gli anni il giorno dell'Ascensione il vescovo della diocesi venuto apposta nel piccolo villaggio gittava in mare da una barca infiorata per celebrare le nozze e quindi la pace fra la terra e l'oceano.

Quest'anello col diamante veniva sempre ripescato dai ragazzi figli dei marinai e dei pescatori che abitavano il villaggio; ripescato e rivenduto allo stesso segretario del vescovo, che era poi l'arciprete e serbava l'anello per la cerimonia dell'anno venturo.

E il fortunato che lo ripescava non osava metterlo al dito, perché a metterlo al dito, rendeva sì, invisibili, ma perdeva il diamante e quindi il valore.

È vero che, rendendosi invisibili, si potevano acquistare ben altri valori: ma, insomma, è meglio un uovo oggi che una gallina domani, e i ragazzi poi erano tutti religiosi, e ci tenevano a rendere l'anello al segretario del vescovo.

Avveniva che il mare defraudato dell'anello, quasi tradito e sbeffeggiato dalla terra per mezzo dei suoi abitanti il giorno stesso delle nozze, facesse poi il comodo suo, continuando a esser calmo solo quando gli piaceva e ingoiando barche e uomini nei suoi giorni di nervi.

Ma questo non c'entra. La bambina sognava dunque di avere l'anello e poiché sapeva anche lei nuotare sopra e sott'acqua a occhi aperti avrebbe voluto e potuto ripescarlo; ma le era proibito. Era figlia di pescivendoli che guadagnavano molto e la facevano studiare: e il giorno dell'Ascensione prendeva parte alla festa con le altre bambine della scuola, vestita di bianco e con una ghirlanda di rose in testa: eppoi una volta un bambino che cercava sott'acqua con gli altri fu preso da male e si annegò.

Poi gli anni passarono ed ella diventò la maestra del villaggio: gli anni passarono ed ella cessò di credere alle leggende e ai sogni; e tanti ne passarono, di anni, che una volta ella, che aveva velleità poetiche, scrisse in un suo libriccino di pensieri: «M'è venuta l'idea di scrivere dei versi sotto il titolo "ho ucciso i sogni", ma a pensarci bene in mia coscienza mi avvedo che i miei sogni sono morti tutti da sé, di morte naturale».

Eppure in fondo era rimasta la bambina che desiderava l'anello magico; e adesso vecchia e malaticcia, nei giorni che doveva starsene a letto nella sua piccola camera il davanzale della cui finestra sembrava la riva del mare, mentre sonnecchiava pensava ancora a quel sogno.

Potersi rendere invisibili! Viaggiare senza pagare, entrare nella casa e nei giardini, avvicinarsi alle persone che sono più inaccessibili del re!

Un giorno d'inverno, che una lieve febbre le faceva parer caldo come un giorno di giugno, venne a trovarla un vecchio capitano di lungo corso che dopo aver sguazzato per tutti i mari del mondo se ne tornava con un carico di denari al villaggio; ed era giusto quel bambino che un tempo le raccontava dell'anello.

- Ne ho comprato uno nelle Indie, - le disse con semplicità, - ed è più buono di quello del vescovo perché non ha il diamante e quindi non corre il rischio di perdere la sua virtù.

Ella spalancò gli occhi e si scosse tutta per assicurarsi che non vaneggiava: poi ricordò che gli uomini di mare amano raccontare cose un po' fantastiche.

- Tu non mi credi? - egli disse come quando giocavano sulla spiaggia. - Ebbene, se vuoi posso non solo farti vedere l'anello, ma prestartelo, purché tu mi dia la parola che lo terrai solo fino a doman l'altro a quest'ora.

Ella chiuse gli occhi stordita. Pensò che se partiva subito faceva in tempo a prendere il treno per la capitale, starvi un giorno e ritornare. Dopo tutto non si sentiva molto male, e il muoversi forse le avrebbe giovato.

- Parola - mormorò.

E l'uomo senz'altro trasse l'anello dal taschino e glielo infilò nel dito.

E subito ella vide sé stessa abbandonata sul lettuccio e l'uomo che se ne andava in punta di piedi come per non svegliarla.

Non c'era tempo da perdere: chiuse la casetta dove viveva sola e mise la chiave sotto la porta come quando andava alla scuola. E via, lieve, lungo la riva del mare, senza lasciar orme neppure sulla sabbia: arrivò in tempo alla stazione e naturalmente salì in prima classe.

La mattina all'alba era nella capitale.

Non si sentiva stanca né aveva voglia di mangiare. Conosceva già la città perché c'era stata una volta in pellegrinaggio e un'altra volta per un congresso.

Durante il viaggio aveva stabilito bene il suo itinerario. E andò anzitutto in casa del re: ma qui l'aspettava la prima delusione: belle scale, belle sale, bei tappeti, e ufficiali e gente ben vestita: ma il re era alla guerra e la regina malata, stesa anche lei tranquilla e sofferente su un piccolo letto come la maestra del villaggio: solo che la finestra era chiusa e non si vedeva il mare.

Vediamo allora i giardini; bellissimi, pieni di sole e di fiori come a primavera: ma un vecchio giardiniere piangeva, col gomito appoggiato sul manico del rastrello, e dava melanconia al luogo.

Ella vagò qua e là pensando che infine la pineta in riva al suo mare dove tutti potevano entrare e starci a fare anche merenda non era da meno di quel luogo; poi se ne andò. L'ora passava e bisognava sbrigarsi. Andò dunque nella casa di una donna ch'ella aveva lungamente ammirato e invidiato; una poetessa celebre della quale conservava come un tesoro un aureo autografo.

Che farà a casa sua, nella sua intimità, l'eccelsa donna? Seduta al suo scrittoio adorno di fiori, aspetterà forse guardando in alto l'ispirazione per i suoi versi letti e riletti da migliaia di persone che l'amano come una innamorata; o sdraiata sui cuscini del suo studio fumerà una sigaretta orientale, o si abbiglierà per recarsi a colazione presso qualcuno dei potenti della terra.

Ebbene, l'eccelsa donna, con un fazzoletto bianco stretto intorno ai capelli, scopava: e di tanto in tanto sollevava, sì, il viso serio e accigliato per vedere se c'era qualche ragnatela negli angoli, e tendeva l'orecchio per sentire se la serva finalmente si degnava di tornare dalla spesa.

Ella fuggì inorridita. E per confortarsi, finalmente, andò in un luogo dove certo non poteva esser delusa: nella casa appunto di uno di quei potenti della terra ch'ella credeva capaci di offrire, oltre che laute colazioni alle persone di talento, bene e felicità a tutti i piccoli mortali.

Era un uomo davvero potente, portato ad esempio per la sua forza di volontà e di azione: non più giovane, ma neppure vecchio; uno di quelli che "guidano i destini della patria". Ed ella voleva vederlo non veduta, perché per lunghi anni quest'uomo in altri tempi, era stato il segreto pensiero, il fuoco della sua vita scolorita: perché anche lui era nato nel villaggio, donde aveva spiccato il volo come gli aquilotti delle roccie costiere.

Ella entra dunque trepidando nella casa di lui, e la casa è bella, più calda, più intima della casa del re; ma solo i servi l'abitano; la moglie del grand'uomo è in giro, e lui è nel suo ministero. Ella però non vuol tornarsene al villaggio senza vederlo: va al ministero e passa avanti a file e file di persone che nella sala d'aspetto pazientemente sperano di essere ricevute da lui. Altre sale sono piene di uomini e donne che scrivono o vanno e vengono tutti affaccendati per il bene della patria. Che farà, lui? Ella trema, nel volgere silenziosa la maniglia dell'uscio sacro vigilato da un usciere coi galloni d'oro. Ma anche il "gabinetto" grande e decorato come un salone è vuoto: ella si guarda attorno, e sente nella stanza attigua un ronfare profondo, sonoro. Guarda dall'uscio: l'uomo è là, grasso, pallido, addormentato su un sedile come un vecchio operaio sulle panchine pubbliche: la bocca aperta lascia vedere i denti d'oro: d'oro, ma non più denti.

Dopo questa visita, sebbene altre ed altre ce ne fossero nel suo programma, ella decise di tornarsene al villaggio. Il villaggio era tutto come in festa: i bambini e le bambine delle scuole marciavano in fila lungo le strade soleggiate, i marinai e i pescatori, insolitamente calzati, venivano su dal porto.

Anche la sua casa, che qualcuno s'era permesso di aprire, rigurgitava di gente: e il corpo di lei, sempre disteso sul lettuccio, era coperto di fiori, con un crocifisso in mano.

Allora intese la verità: l'avevano creduta morta. E il suo primo desiderio fu di lasciar le cose come stavano, ma poi pensò che è meglio vivere e sognare che esser morti e veder la sola verità: s'avvicinò quindi al vecchio capitano lì presente e gli rese l'anello.

Il suo corpo si rianimò subito, e i funerali furono naturalmente sospesi; ma ella non poteva muoversi per la gran debolezza, ed era contenta che tutti affermassero di non aver mai veduto il vecchio capitano, per convincersi di aver sognato e così continuare a sognare.

TREGUA

L'uomo uscì verso sera, come di solito usava.

Di solito usava uscire a quell'ora per andare a procurarsi del cibo: poiché egli viveva nella grande città come il lupo nei boschi, lupo fra i lupi; meno ingordo degli altri, però, anzi afflitto da un male che, dati i tempi, sarebbe stato per molti altri una fortuna, ma che per lui, non più giovane, non bisognoso, era proprio un male: la disappetenza.

Così usciva verso sera per camminare e farsi venir fame e poi andar a pranzo dove sapeva di trovare cibi onesti, o procurarseli da sé e mangiare in casa.

La sua casa era piccola e bella; e fredda come può essere la casa di un uomo solo; a lui piaceva; solo lo infastidiva il dover attraversare, per uscire, una grande terrazza sulla quale davano le camere sue e quelle della famiglia che gli aveva affittato metà del proprio appartamento.

Meno male era d'inverno e le porte-finestre [erano] chiuse; tuttavia attraverso i vetri di quella del salotto da pranzo dei suoi padroni vide le donne piegate in cerchio intorno a un braciere giallo, come i petali d'un fiore intorno al pistillo; e un bambino vestito di azzurro che scriveva sulla tavola, sotto la luce di una piccola lampada rosa: il luogo dava l'impressione di un piccolo giardino chiuso; eppure egli passò rapido, con un senso di freddo; penetrò in una specie di torre che era la scala, scese quasi a tastoni e uscì.

La sera di dicembre è tiepida ma nebbiosa; egli se ne va lungo la strada larga, poco illuminata: solo una luce strana, bassa, che pare esca di sotterra, imbianca i marciapiedi umidi e una parte delle case, lasciando scuri i piani superiori che sfumano nella nebbia e sembrano costruzioni non finite.

Egli ricorda d'un tratto che c'è sciopero di elettricisti; la gente va tutta a piedi, affannata e arcigna, con qualche cosa di bieco e di nemico negli occhi: le persone che s'incrociano con le ombre, le faccie illuminate di scorcio, angolose e bianche e nere, dànno ragione ai più sinistri pittori futuristi.

Eppure l'uomo le guarda quasi con piacere; perché in fondo, a volte, è questo, che egli vuole; veder gli uomini esasperati e deformi, resi nemici dal loro vano affanno, e trarne ragione a vivere con calma, se non con allegria.

Lui camminava piano, tranquillo: persone frettolose lo urtavano e proseguivano, come onde contro un pilastro: una donna vestita di rosso lo investì e lo maledisse: ed egli sentì un'impressione di cattivo calore, un riflesso di lei, e ricordò le sue inutili passioni d'amore.

Si ritrasse verso il muro, come un animale timido, e andò avanti. La gente non gli faceva paura; ma quando era urtato si ritraeva sempre, istintivamente, e gli sembrava di appartenere a un'altra razza, forse inferiore, forse superiore, forse più triste e oppressa di questa, ma infinitamente più viva.

Cammina cammina finalmente si trovò solo; la strada era la stessa, anzi più larga, con le case più belle e circondate di giardini; ma la luce terminava lì, e la gente, come gl'insetti, accorre solo intorno ai lumi.

Egli andò oltre, con un senso di benessere, di padronanza; i suoi occhi anziani vedevano meglio in quella penombra dove la nebbia sembrava più chiara e dava quasi luce. Così si accorse di non esser più solo, come credeva. Coppie di amanti passavano dove l'ombra era più fitta; quasi tutti però questionavano. Egli non li invidiava; ma avrebbe preferito non incontrarli.

D'un tratto la strada si restringeva e svoltava, in salita e poi in discesa; un semicerchio sempre più stretto e più buio, chiuso da alti muri di giardini: pareva un androne, ma egli poteva percorrerlo anche ad occhi chiusi perché era la strada che faceva quasi ogni sera per andare in una piccola trattoria dove si mangiava bene. La trattoria era giù dopo la svolta; se ne vedranno bene i lumi, come della taverna nel bosco. Cammina cammina, la strada diventa davvero simile a un sentiero di bosco, fra i due muri di sopra dei quali grandi alberi coperti di nebbia stendono una volta opaca senza stelle; si sente odore di musco, di muffa e di viole; ma i lumi non si vedono, tutto è solitudine e tenebre; e lontano un rumore imita bene quello della foresta.

Allora egli ricorda che le trattorie sono chiuse; è la notte del ventiquattro dicembre.

Se ne tornò indietro alquanto indispettito: non c'era neppure speranza di andare nel grande Emporio di commestibili e di piccole truffe dove a volte egli aveva il coraggio di penetrare come in una gabbia di galline, - e del pollaio c'era anche l'odore, - ad ammucchiarsi con le signore dai cappellini storti sbattuti dal vento della necessità, e coi padri di famiglia che sembravano, con la loro aria dignitosamente afflitta, tanti nobili decaduti; e neppure nella lucida pizzicheria dove almeno la truffa dava un senso di vanità aristocratica, e la sottile pizzicagnola gli sorrideva quasi amorosa, tutta bionda fra i suoi rosei salumi e le aringhe dorate con le quali aveva una strana rassomiglianza.

Tutto era chiuso; e il più chiuso di tutti, per lui, il cuore del suo prossimo; per cui non c'era neppure da sperare in un invito a pranzo.

Rifece la strada dei villini, si scontrò ancora con le coppie d'amanti litigiosi, e s'irritò. Perché s'irritava, se l'amore non lo interessava più? E perché s'irritava di non aver trovato da mangiare se non aveva appetito? Perché è nella natura dell'uomo di irritarsi per nulla; o fingere a sé stesso di irritarsi per nulla.

In fondo era irritato perché non sapeva dove andare. Camminare no, poiché lo scopo è fallito: meglio imitare ancora una volta i grandi, gl'infelici tedeschi durante la guerra; andare a letto per impedire alla fame di impadronirsi del nostro corpo: ma è presto detto andare a dormire alle otto di sera; c'è negli angoli della camera uno spettro ben più terribile di quello della fame; lo spettro dell'insonnia.

Del resto qualche cosa nello stipo del salotto egli ce l'ha sempre: chiuso, lo stipo pareva una libreria, con una fila di bei libri dietro i cristalli del piano superiore; aperto lasciava vedere, nel piano inferiore, una costruzione di scatole di leccornie, con ai due lati come le torri delle facciate delle chiese due bottiglie di liquori.

Egli provò, al ripensarci, un senso di nausea come avesse una forte indigestione.

Si ritrovò nella strada davanti a casa sua: la gente è scomparsa; rimangono solo pochi viandanti randagi come lui, che si guardano con occhi miti, quasi con umanità; vien voglia di salutarsi come esuli in terra straniera. E ad accrescere conforto, d'un tratto le lampade si accendono, misteriosamente, come per volere di Dio.

Ed è certo il volere di Dio che impone agli elettricisti di dare una tregua per quella notte.

L'avvenimento gli fece sperare di passare inosservato nella portineria invasa di serve che gridavano di meraviglia per il ritorno della luce; tuttavia egli vide gli occhi di tigre della portinaia fissarlo, mentr'ella pur lo salutava con deferenza, e appena fu passato la sentì che diceva:

- È quel pazzo avaro che sta dai giudii.

Allora si ricordò che ancora non le aveva dato la mancia, e anche se gliela avesse già data ella avrebbe parlato lo stesso.

Del resto è vero che i suoi padroni di casa sono ebrei: ecco perché se ne stanno quieti nella loro tana; quieti e un po' melanconici, anch'essi esiliati lontani dalle loro terre di sole.

Nell'attraversare la terrazza rivide le donne piegate intorno al braciere; una di esse però, la più alta e la più bruna, s'era alzata e apparecchiava la tavola; e la tovaglia era di un bianco luminoso sotto la lampada grande tutta accesa sotto il suo volante di merletto.

Il bambino stava presso la porta-finestra, coi suoi grandi occhi azzurri di gattino in agguato. Nel veder l'inquilino trasalì e cominciò a picchiar le unghie sui vetri, chiamandolo a nome.

Egli si volse: la donna che apparecchiava la tavola si volse anche lei. Era bella come un'ebrea della Bibbia, sebbene pallida e accigliata e quasi minacciosa.

Era l'unica persona della quale l'inquilino avesse realmente paura: poiché era la sua padrona di casa e poiché gli piaceva. Per paura si fermò, ai gridi del bambino che continuava a chiamarlo: per paura si scostò, quando la donna aprì la vetrata e gli domandò scusa.

Ma il bambino non lasciava sentire le parole di lei, tanto gridava sollevandosi sulla punta dei piedi e tirandole la veste.

- Diglielo dunque, mamma; e diglielo, e diglielo, e diglielo...

L'uomo aveva paura che qualche guasto fosse avvenuto nel suo appartamento. La donna s'era fatta rossa, mentre le altre s'alzavano tutte intorno al braciere. Ma d'un tratto egli vide un fenomeno simile a quello del ritorno improvviso della luce: la sua padrona di casa gli sorrideva. E quando riuscì a far tacere il bambino gli disse, turbata come se gli facesse una dichiarazione d'amore:

- Si voleva pregarla di pranzare con noi.

DOMANI

Abitavamo, quest'autunno scorso, in una casa di ricchi contadini, fra la landa e il bel mare di Romagna.

Fuori, la casa aveva pretese di villa, con scalinata davanti alla porta, loggia e veranda, viale di carpini che andava dritto al cancello vigilato da due pioppi sempre ridenti, come bambini, di tutte le cose che vedevano: ma dentro conservava il suo antico stato, nella semplicità complicata di cattivo gusto dei mobili, dei quadri, delle tende, e persino degli usci e della balaustrata della scala.

La padrona, che abitava il piano terreno, le rassomigliava: vestiva da signora e lavorava col contadino: coi capelli troppo neri e i denti troppo bianchi per essere autentici, e gli occhi - su questi non si poteva malignare - nerissimi, grandi e freschi, sembrava giovane e intelligente.

- Intelligente sì, ma giovane poi no - disse un giorno, sorridendo in modo da far vedere fino alle gengive i denti che avevano qualche cosa di animalesco; poi sollevò una mano e spiegò le dita ad una ad una; e fino a cinquant'anni non c'era da protestare: sollevò l'altra e drizzò il pollice; - Come, già sessant'anni, signora Palmina? - drizzò l'indice, drizzò il medio. - Ottant'anni? No, settantasette e qualche mese.

- Lei scherza, signora Palmina.

- Dio volesse. È che proprio gli anni ci sono: il segreto è che ho vissuto sempre qui, nella mia casa e nel mio podere, come le donne della Bibbia, secondo la legge di Dio, sempre lavorando oggi per domani e prevedendo ogni cosa. Ho preveduto sempre quello che doveva succedere, facendo di tutto per scongiurare i malanni; e se questi venivano lo stesso, li accolsi come ospiti, sgraditi ma sempre ospiti. Così non ho sofferto troppo: o se ho sofferto, poiché non sono di pietra, ho sempre detto a me stessa: Palmina, qui si tratta di credere che sei una donna di fegato, e di superare te stessa: e mi sono superata. Così, a sedici anni mi hanno fatto sposare un uomo anziano, che non mi piaceva ma era ricco. Io dico a me stessa: Palmina, hai sedici anni e lui quarantotto: morrà bene trent'anni prima di te, e tu potrai riprendere marito; uno che ti piaccia e abbia la tua età o magari qualche annetto di meno... Mio marito è morto vecchio, però, grazie a Dio, vecchio come Matusalemme: aveva novantasei anni. Capirà, mia signora, io non ero più in età di maritarmi: ma chi ci pensava più, del resto? Ed ho pianto mio marito, perché mi ero abituata, sfido, dopo tanti anni, a volergli bene.

- E figli?

- Ne ho avuti due: due maschi, perché, le femmine non mi vanno: troppo incerto è il loro avvenire; possono venir sedotte, o abbandonate dal fidanzato o maltrattate dal marito. Due maschi, che ho allattato io, perché i figli non si affezionano se non succhiano il latte materno; e li ho tirati su bene, sempre con loro addosso come la mia stessa carne: tutti i pensieri a loro, tutte le previdenze per loro. Uno ha studiato, l'altro, com'era nostro desiderio, accudiva in casa e al podere. Era un bel ragazzo, forte, docile. E non trova la serva che lo ammalia, che si fa fare un figlio da lui e pretende poi di essere sposata e far lei da padrona? La caccio via a bastonate, e mai più piede sudicio di serva è entrato in casa mia; ma il ragazzo non l'abbandona, e un brutto giorno parte con lei per l'estero. Dopo, l'ha sposata. Da tempo non so più nulla di loro, e lui non s'è fatto vivo neppure per reclamare l'eredità del padre: so però che ha fatto fortuna, e questo mi consola.

- E l'altro?

Un'ombra appannò la lucida serenità del suo viso di lacca: un'ombra di sdegno più che di dolore, come se dentro ella protestasse contro quest'altro non preveduto inganno del destino.

- È morto in guerra.

E forse per far tacere le voci interne e le parole di inutile conforto che le si potevano porgere, riprese subito:

- È morto da valoroso, e il Duca stesso lo afferma in una lettera che mi scrisse personalmente. Lei, dice, può sentirsi orgogliosa di essergli madre. E orgogliosa mi sento; ma oramai non mi resta che di andarmene anch'io: ci rivedremo tutti nell'altro mondo, e questo è un calcolo che non falla. Solo, voglio morire tranquilla, in casa mia, nel mio letto. Non mi verrà certo un accidente per strada perché non esco mai. Mi dispiacerebbe solo se avessi una lunga infermità perché non voglio nessuno intorno a me: eppoi il mio letto è troppo grande e sarebbe difficile, a chi mi assisterebbe, di voltarmi e rivoltarmi. Ma ho pensato di dividerlo, il letto, che è fatto di due gemelli: mi dispiace, perché ci dormo da sessant'anni, ma in un altro non voglio morire: mi metterò dalla parte dov'è morto mio marito. Anzi, adesso che ci penso, voglio farla presto, questa faccenda.

E infatti lo stesso giorno si sentì nelle camere abitate da lei un andirivieni rumoroso, un cigolìo di mobili smossi e di rotelle sul pavimento: ella faceva tutto da sé, e sul tardi fu veduta anche a lavorare col contadino fra le piante cariche di frutti del suo bel podere: ed era serena e rossa come se nulla più oramai la preoccupasse per l'avvenire.

Eppure nei giorni seguenti si turbò vivamente nel sentirsi male: anche perché era un male strano, uno sconvolgimento di viscere, una voglia continua di vomitare come nelle donne al principio della gravidanza.

Fece chiamare il dottore: e il dottore dichiarò che si trattava di un'ernia buscata nello sforzo di smuovere il letto. Era una cosa da nulla, ma bisognava fare l'operazione per evitare gravi conseguenze.

- Facciamo l'operazione - ella disse rassicurata: ma di nuovo si turbò quando il dottore rispose che bisognava farla in una clinica.

- Non morrà, stia tranquilla; se vuol campare a lungo e morire nel suo letto si decida subito: è cosa da nulla, creda a me.

A chi credere se non a lui? Era un medico di sua fiducia e si offrì di accompagnarla e raccomandarla al celebre chirurgo che doveva operarla.

Ella si decise subito: consegnò a noi le chiavi della casa, il podere al contadino.

- Vado tranquilla perché ho preveduto tutto. Arrivederci.

Morì il giorno dopo in una clinica di Bologna, in seguito all'operazione.

GIUSTIZIA DIVINA

- A questo fatto straordinario ho proprio assistito io - raccontò un vecchio a noi donne sedute all'ombra della capanna da bagno e ad una raggiera di ragazzi e giovani seminudi sdraiati intorno, pancia a terra, col corpo nel sole e la testa nell'ombra. - Da giovane mi divertivo ad assistere ai dibattimenti nella Corte d'assise.

Non c'è luogo al mondo dove la vita si conosca meglio, in tutta la sua miseria e la sua passione e, a volte, anche nella sua grandiosità. Vi racconterò, adesso che abbiamo tempo, alcune di queste storie:

e oggi voglio cominciare con una che ancora, alla distanza di mezzo secolo, mi turba e m'impressiona, e della quale mi sono ricordato in molte circostanze.

Al banco degli accusati, dunque, sedeva un uomo anziano, vestito di nero. Dopo le solite formalità, fu invitato a parlare. Si alzò lentamente; era alto, scuro nel viso così scarno che le guancie pareva si toccassero dentro la bocca; e su gli occhi, dei quali solo di sfuggita si vedeva il colore celeste, le palpebre ricadevano stanche come per un gran sonno.

- Il fatto è questo, - disse con voce calma e triste, senza guardare nessuno; - io ero allora impiegato alla Dogana e guadagnavo abbastanza: si viveva tranquilli, io e mia moglie, quando essa si ammalò. Occorse un'operazione, poi un'altra; poi lei non guariva mai; io accettai un lavoro straordinario, per guadagnare di più, e alla sera tornavo così stanco e disfatto che mia moglie stessa mi pregava di uscire a prendere un po' d'aria, a bere un bicchiere di vino. Così una sera incontrai quella disgraziata; l'avevo conosciuta, era stata serva in casa di un mio parente e tutti si scherzava con lei, già avviata per la sua cattiva strada. Così mi condusse a casa sua. Ci sono stato solo tre volte. La seconda volta vi trovai un uomo che questionava con lei ed era così stravolto che non badò neppure a me. E quando se ne fu andato, ella mi disse che aveva paura di lui, paura che una volta o l'altra l'accoppasse, non per gelosia od altro, ma semplicemente perché la odiava. Non mi disse chi era. La terza volta...

Qui l'accusato tacque un momento, come cercando di ricordare qualche cosa: poi proseguì, sottovoce, quasi parlando a sé stesso:

- Sono cristiano e credente e spero fermamente in Dio e nella sua giustizia. Sul santo nome del Signore giuro che quello che racconto è la verità. La terza volta - riprese parlando più forte - mi trattenni poco dalla donna. Avevo un forte mal di testa per aver troppo lavorato, o, forse, perché era una sera afosa e burrascosa. Nell'uscire da quella casa vidi che ci andava l'uomo di cui la donna aveva paura. Io feci una breve passeggiata lungo il fiume, poi tornai a casa, perché, ricordo, soffiava un gran vento e cominciava a piovere. Il giorno dopo fui arrestato, sotto l'accusa di aver strangolato la donna. Nei primi interrogatori mi difesi accanitamente, accusando l'uomo che io credo il vero colpevole. Ma non mi era possibile identificarlo meglio. Io non lo conoscevo: credo, anzi son certo, sia di un altro paese. Ma nessuno mi dava ascolto. Le vicine di casa della disgraziata mi avevano veduto entrare, ed essendosi di poi ritirate per il tempo minaccioso, non avevano veduto uscir me ed entrare l'altro. Dopo qualche tempo mia moglie morì, di crepacuore e di vergogna.

Questa nuova sciagura mi spezzò: mi ripiegai su di me, sotto il castigo di Dio, ma pure pregando ed aspettando la sua divina giustizia.

Poi il dibattimento cominciò, un po' monotono e scialbo. I testimoni d'accusa erano appunto i vicini di casa della "disgraziata". Tutti affermarono di aver veduto entrare, la sera dell'assassinio, l'uomo che adesso sedeva al banco degli accusati e aver notato il suo aspetto equivoco, stravolto, e il modo di avvicinarsi furtivo. Una donna magra, dispettosa, forse isterica, sostenne di aver sentito, poco dopo l'arrivo dell'uomo, la disgraziata gridare, dibattendosi certamente contro l'assalto di lui; altri testimoni, compagni di carcere dell'accusato, deposero sulla strana condotta di lui che dimostrava di essere un mattoide.

Egli ascoltava, senza mai più aprire bocca, con la testa bassa come esposta ai colpi di tutti: non aveva mai sollevato gli occhi, dopo che era entrato nella gabbia, e a volte pareva assente, o che il dibattimento non lo riguardasse.

Ma uno dei giurati gli rivolse alcune domande: egli si alzò, lentamente, come la prima volta, e poiché le domande erano molto intime parve sdegnarsi; il suo viso si animò, i suoi occhi, per la prima volta, si fissarono spauriti sui suoi giudici. E d'un tratto fu preso da un tremito nervoso e cadde svenuto. Fu sospesa per un momento l'udienza; poi egli rinvenne e tornò ad alzarsi: e pareva un morto risuscitato.

- Supplico la Corte di ascoltarmi ancora - disse. - Il colpevole è qui, in mezzo a noi; Dio mi ha permesso di riconoscerlo; Dio mi rende giustizia. Anche lui, il colpevole, s'è accorto che l'ho riconosciuto, e vorrebbe ma non può fuggire.

Seguì un momento di silenzio profondo: tutti stavano immobili come ridotti a statue di sale; poi cominciarono a guardarsi l'un l'altro e alcuni sorrisero, altri sogghignarono.

Infine il presidente disse all'accusato di indicare l'uomo.

- È uno dei giurati.

Questo colpo fu più forte del primo: i giurati si mossero tutti, sdegnati, e tutti gli occhi furono sopra di loro.

Il presidente domandò di sospendere l'udienza, ma l'accusato supplicò di lasciarlo parlare ancora.

- Non indicherò nessuno, per il momento: solo mi rivolgo all'uomo che credo colpevole e gli dico: fa tu in modo che risulti la mia innocenza, sia pure col fuggire, ed io non ti indicherò. Ho finora accettato il mio soffrire ed ero disposto ad accettare anche la pena, per scontare i miei peccati: il peccato di adulterio, il peccato di aver fatto morire di dolore mia moglie; ma poiché Dio mi ti ha posto davanti è segno che egli vuole sia fatta giustizia.

Egli guardava verso l'ala destra dei giurati, e a dire il vero questi, dopo il primo impeto di protesta, avevano preso un aspetto di diffidenza gli uni verso gli altri; ma gli occhi dell'accusato avevano una fissità di follia, e nessuno, in fondo, sebbene alla superficie scosso da un brivido, credeva alle sue parole.

Egli si passò una mano sulla fronte, e mentre il presidente insisteva per chiudere l'udienza, aggiunse con voce tremante:

- Dio mio, Dio mio, è giunta l'ora della tua promessa. Non per me, ma per gli uomini ciechi, non per me, ma per quelli che non credono nella tua giustizia. Dimostra dunque che essa non comincia solo col regno della morte.

Diceva con tale fede queste parole che tutti davvero provarono un brivido. E il suo viso parve vuotarsi ancora di più, divenire quasi trasparente: e si vide il sudore cadere a goccia a goccia dalle sue dita.

Ed ecco, mentre il presidente dichiara sospesa l'udienza e si alza per andarsene, e tutti fanno altrettanto, uno dei giurati barcolla, cade addosso ad un altro che è pronto a sostenerlo; viene soccorso, ma non rinviene; condotto all'ospedale un'ora dopo è morto. Si seppe di poi, in seguito alle indagini della giustizia, che il vero colpevole era lui.

IL CANE IMPICCATO

La bambina uscì a giocare nell'orto. Era un grande orto senza alberi, coltivato solo a cavoli e carciofi; ella non ne conosceva i confini perché era paurosa; ed era paurosa perché aveva già una fantasia straordinaria e s'immaginava le cose in modo grave e misterioso; o forse più che la fantasia lavorava in lei l'istinto, acuito dall'abbandono in cui ella veniva lasciata.

Così aveva paura di andare in fondo all'orto, sebbene nessuno glielo proibisse; ma mentre giocava nel breve spiazzo arenoso davanti alla casa, fra una vecchia panchina e un fico basso, solo albero dell'orto, ogni tanto si volgeva ad ascoltare, a guardare laggiù, con gli occhi di cristallo dorato ove le cose intorno apparivano luminosamente come s'ella le avesse dentro di sé.

L'orto pareva terminasse all'orizzonte, con una linea di muro a secco, di là dalla quale, ma a distanza, perché proprio sotto il muro precipitava la valle, ondulavano profili di montagne verdi su altre montagne turchine perdute fra i globi d'argento delle nuvole.

Quella mattina, però, ella guardava e tendeva piuttosto l'orecchio verso casa; perché c'era un ospite del quale aveva paura più che dei precipizi sotto l'orto.

Molti erano gli ospiti che di tanto in tanto venivano a interrompere la monotonia di una vita sempre bella ma sempre la stessa: e tutti venivano accolti con gioia; dalla padrona di casa, sulla quale gravava la maggior fatica di bene trattarli, perché lo spirito dell'ospitalità aveva in lei qualche cosa di religioso, anzi di fanatico; dal padrone perché si mangiava meglio degli altri giorni; dalla servitù per le mancie, dalla bambina perché essi portavano regali di frutta e dolci.

Ma non per questo solo era lieta, la bambina: il passo dei cavalli nella strada, il picchiare al portone, l'aprirsi di questo e l'entrare degli ospiti le davano un senso di ansia, di attesa, quasi di affanno. Il cuore le batteva. Chi arrivava? Il mondo ampio si apriva tutto, col suo mistero, all'aprirsi del portone; ed era la vita stessa che arrivava, coi suoi doni e i suoi fastidi, a volte anche coi suoi dolori.

Quando arrivava il Dottore era proprio il dolore che veniva. Il Dottore non portava mai nulla: perché dunque era il più bene accolto dalla madre, dal padre, dalle serve? Perché del padre era il più vecchio amico, e alle serve piaceva perché donnaiuolo, e la madre faceva visitare da lui la bambina, anche se la bambina non aveva che il bel fiore rosso della salute in bocca.

Una volta fu tutta denudata ed egli la volse e la rivolse rudemente, le ficcò le dita dure nelle carni, posò l'orecchio freddo e peloso sulle spalle e sui fianchi di lei, infine le fece aprire la bocca e le cacciò in gola l'arma terribile d'un manico di cucchiaino.

Ella ricordava questa visita con l'impressione di essere stata violata, ferita proditoriamente, complice la madre e tutti quelli che avrebbero dovuto salvarla.

Ed ecco che egli è lì, quella mattina, festeggiato da tutti. E fosse almeno solo. Quando il portone fu aperto dalla serva sorridente ed eccitata, col Dottore entrò un cagnolino nero, così piccolo e magro che sgattaiolò nell'orto dal buco dello scolo dell'acqua, e poi rientrò nel cortile; corse qua e là spaventando le galline, trovò un osso, e se ne impadronì con una voracità tenace e silenziosa.

Ma già le serve lo chiamavano in cucina e gli diedero da mangiare, trattando anche lui da ospite gradito. Ci fu un tentativo di protesta e poi anche di zuffa da parte della gattina; ma la gattina stessa dovette, ai gridi e alle minacce delle donne, andarsene fuori di cucina e cedere il suo posto accanto al focolare.

La bambina non cessò di confortarla finché la vide sdraiarsi beatamente sulla panchina volgendo al sole il ventre nero fiorito dei bottoncini rosa delle piccole mammelle.

La quiete però fu breve: la gattina sollevò le orecchie, balzò inarcandosi tutta, con gli occhi divenuti gialli; di volo fu di fronte al cagnolino che s'era di nuovo introdotto nell'orto e veniva avanti scodinzolando come fosse a casa sua.

Questa volta è lui che scappa e si nasconde fra i cavoli; e la gattina, che in fondo ha paura di lui, non insiste e si allontana dignitosamente, lasciando alla piccola padrona tutto lo sdegno e il dolore del dramma comune.

Appoggiata alla panchina, col vestitino tutto gonfio in avanti, ella guardava, con un sasso in mano, verso il campo dei cavoli. Molti di questi, sventrati del loro fiore granuloso, giacevano divelti e abbattuti sulle zolle smosse, in attesa di sepoltura: sembrava un campo di battaglia di cavoli, e il cagnolino vi si moveva in mezzo, cauto, avvilito.

Ma non era fatto per il dolore e l'odio, lui; piano piano tornò sullo spiazzo, tutto allegro come se nulla fosse, e s'avvicinò alla bambina scodinzolando.

Era il suo modo di esprimersi, questo; e dava allegria a vederlo così spensierato: lei però non si rallegrò: eppure il cagnolino le piaceva e avrebbe volentieri giocato con lui.

Lasciò cadere il sasso; e il cagnolino lo annusò, lo toccò con la zampa, poi guardò lei come a domandarle perché lo aveva tenuto in mano.

Ma gli occhi di lei, pieni d'ombra, non rispondevano. Una foglia secca attraversò rotolando lo spiazzo, spinta dal lieve vento d'autunno; il cagnolino le corse dietro abbaiando, con coraggio e con paura.

Allora ella rise; si mosse anche lei e diventarono amici. Era una cattiva amicizia, però, quella di lei, fatta di odio e di tradimento: amicizia come tante altre.

L'avventura col cagnolino non le faceva dimenticare il pericolo del Dottore e la paura che la madre la chiamasse.

La madre non la chiamò, e finalmente il Dottore uscì. Allora, liberata, almeno per il momento, dall'incubo, dimenticò anche il cagnolino. Sentì un violento bisogno di saltare, di correre come la foglia al vento. E dopo alcuni giri cercò la corda per i salti, che stava di solito gettata sul ramo più basso del fico.

La corda non c'era.

Guarda guarda, la vede più in là per terra, agitata come un lungo verme. Il cagnolino se n'è impossessato e la trascina, la scuote, le abbaia contro fra pauroso e minaccioso. Ella non protesta, sebbene di nuovo sdegnata fino alle lagrime: le labbra le tremano e gli occhi brillano di dolore ma anche di crudeltà.

Piano piano, come per non farsi sentire neppure dallo stesso cagnolino, fa qualche passo, si piega, prende il lembo della corda e la tira a sé.

La bestia si ferma sulle quattro zampette magre, scodinzola, guarda la bambina in viso.

- Adesso ti faccio divertire io - mormora lei, con mistero.

Il cagnolino scuote le orecchie: pare dica di sì. Ella ha tirato su tutta la corda e dapprima se l'avvolge un po' intorno ai polsi per cominciare il gioco del salto; poi d'improvviso la lancia verso il cagnolino e lo prende facilmente al collo, lo lega con un doppio nodo, lo trascina un poco; e poiché l'infelice la segue, innocente e allegro, ma non senza una certa riluttanza, ella lo incoraggia, lo rassicura, cammina indietreggiando per attirarlo meglio.

- E vieni, su, e vieni, e vieni...

La corda è lunga, sottile, forte; ella un po' la fa andare alta, un po' bassa, e anche lei si piega e si solleva e pare si diverta con la vittima come il gatto col topo.

Il cagnolino comincia ad abbaiare: s'è fatto serio, con gli occhi rossi cattivi. Ella ha una vaga paura: della bestia o di quello che improvvisamente pensa di fare? È sotto il fico; sotto il ramo basso fino al quale le sue piccole mani arrivano. E arrivano, le sue piccole mani, a gettarvi i due capi della corda, a riprenderli dall'altra parte del ramo e tirarli e tirarli.

Il cagnolino abbaia, poi ringhia, si drizza, va su per aria, rimane sospeso sotto l'albero maledetto, tutto scosso da un tremito convulso e con la lingua fuori della bocca spalancata.

Fu trovato poi, lungo disteso sotto il fico, tutto umido di bava. La corda e la bambina erano scomparse.

La madre e le serve, desolate e sconvolte per quella morte misteriosa, domandarono scusa al Dottore, e tanto fecero ch'egli uscì a vedere ed esaminò il cadavere del cagnolino.

- Qualcuno lo ha impiccato, - disse, - e ha fatto bene perché aveva i germi della rabbia.

Poi disse che la bestia non era sua.

IL TESORO

Non era nelle abitudini del nobile don Vissenti di aver compassione del prossimo, e specialmente del prossimo povero e bisognoso, tanto più che a questa categoria oramai apparteneva anche lui e poco aveva con che manifestare il generoso sentimento, eppure quando seppe che un antico servo della sua famiglia moriva solo, abbandonato come un cane, in un vecchio pagliaio, decise di andare a vederlo. E pensò anzi di portargli qualche cosa.

- Che cosa farebbe piacere a me, se mi trovassi nel suo stato? - si domandò; e scambiando alquanto lo stato in cui si trovava lui con quello del moribondo, pensò a una bottiglia di vino.

Il vecchio però, sebbene moribondo, non s'illuse un momento, tanto più che non beveva vino.

E sebbene una sete angosciosa gli attaccasse la lingua al palato e gli screpolasse le labbra amare, respinse la bottiglia che il nobile visitatore, chino su di lui gli accostava al viso.

- Acqua, acqua - rantolò.

Don Vissenti si guardò intorno: c'era una brocca, accanto al giaciglio, ma vuota, coperta di mosche assetate. La prese e andò a domandare un po' d'acqua ai più vicini di casa, rimproverandoli dello stato di abbandono in cui giaceva il vecchio.

- E vosté perché non se n'è curato prima? - disse una donna, la più anziana, dandogli a malincuore l'acqua di cui nel paese quell'estate c'era una terribile scarsità.

- Io l'ho saputo solo oggi - egli rimbeccò, dignitoso - e subito sono venuto e gli ho portato vino, e non acqua.

- E io è da un mese che lo assisto, e non ho fatto sapere a nessuno quello che la mia miseria mi permette di dargli.

Anche un po' per ripicchio contro questa donna alla quale poteva mancar tutto ma non la lingua, don Vissenti cominciò ad assistere il moribondo.

Del resto egli era un uomo che faceva sempre le cose sul serio, tenace, freddo, puntiglioso e pieno di dignità, come un po' lo erano tutti in quell'arido paesetto di pianura. Il padre di don Vissenti, diceva la tradizione, non aveva mai una sola volta scherzato in vita sua, tanto che quando morì e andò all'inferno e il diavolo cominciò a rivoltarlo col suo tridente, disse, offeso e dignitoso:

- Oh, piano, piano con gli scherzi.

Il moribondo però aveva ben conosciuto questo suo antico padrone e conosceva bene don Vissenti; e non si commoveva. Sapeva che qualche cosa don Vissenti voleva, altrimenti non si sarebbe degnato di venir ad assistere un mendicante; e a sua volta, istintivamente, anche perché ne aveva assoluto bisogno, profittava delle buone disposizioni dell'altro.

A dir la verità, in breve ne sentì tale giovamento che cominciò a riprendere coscienza e a turbarsi.

Egli giaceva completamente vestito di stracci, sopra un sacco di paglia, e tanto questo quanto il suo corpo puzzavano peggio che s'egli fosse morto da otto giorni.

Ebbene, don Vissenti, ch'era un uomo ancora vigoroso sebbene eccessivamente grasso, lo aveva sollevato, spogliato, pulito e rivestito d'una sola camicia, e infine trasportato su un altro sacco sul quale aveva steso alla meglio un lenzuolo ripiegato in due e deposto un guanciale. E aveva ripulito intorno, scacciando alquanto le spaventevoli mosche che si posavano sul malato come vampiri. E lo sollevava per i suoi bisogni, e sopratutto gli dava da bere.

Acqua, acqua; il vecchio non domandava altro, non aveva bisogno d'altro; e vaneggiando parlava sempre di una fontana sui monti, una sorgente d'acqua fresca intorno alla quale arrancava senza riuscire a metterci bocca.

L'acqua pesante e calda che don Vissenti gli porgeva, non faceva che accrescere l'arsura acida del suo palato; e più che per il dolore cupo che gli pesava sul ventre gonfio, egli desiderava morire per non sentir più questa sete implacabile.

Nel paese intanto s'era sparsa la voce che don Vissenti assisteva il vecchio, e un po' per il buon esempio, un po' per curiosità, qualche sfaccendato andava nel pagliaio e portava qualche elemosina.

Queste visite irritavano e ingelosivano don Vissenti.

Una sera venne anche un suo parente e portò entro un fazzoletto insanguinato una corda, cioè una treccia fatta con budella di agnello; era ubriaco, e non sapeva bene quel che si facesse; tuttavia don Vissenti si sdegnò furiosamente.

- E vattene - disse respingendo il dono inopportuno e con esso il donatore tentennante; - non vedi che ha bisogno del viatico più che della tua corda puzzolente? E impiccati con essa, se non sai altro che fare!

- O Vissenti! - esclamò l'uomo, offeso mortalmente. - Faresti meglio tu a impiccarti, che a star qui ad insultare la memoria di tuo padre.

Don Vissenti impallidì di rabbia, ma si riprese e ritornò dignitoso.

- Che intendi di dire con queste parole?

- Che lo sanno tutti, in paese, perché sei qui. E lo sa anche lui, lui, lui, quello lì. Lo sa, che non sei qui ad assisterlo per carità, ma per carpirgli il segreto... il segreto della brocca di denari seppellita da tuo padre in sua presenza... dei denari che tuo padre non volle lasciare a te perché ti odiava, e aveva ragione... aveva ragione...

Don Vissenti sogghignava, ma dentro tremava di sdegno.

- Perché non doveva lasciarli a me, i denari, mio padre? Forse dubitava quello che tu dubiti di tuo figlio, che non sia tuo?

- Vattene, vattene! - insisteva l'ubriaco. - Aveva ragione, tuo padre, di odiarti, perché lo maltrattavi, perché sei un pazzo maligno; e fece bene a mangiarsi tutto, prima di morire, e a lasciarti solo l'illusione della brocca, e l'illusione che quest'imbecille non ne abbia profittato per scrupolo, per non peccare...

- Ecco perché muore fra i pidocchi, come morrai tu. Ben gli sta - disse don Vissenti: e rideva, rideva.

Ma quando il parente se ne fu andato, col suo involto coperto di mosche, egli si fece sanguigno e nero come quell'involto.

- Sentito avete? - domandò al vecchio, sollevando il fazzoletto col quale gli riparava il viso dalle mosche; e poiché non riceveva risposta, e quel viso con gli occhi chiusi e le labbra bianche pareva quello di un morto, proseguì anelante:

- Tutti dunque lo sanno, vedete. Mio padre mi odiava, sì, ma non c'è ragione che mi odiate voi. Che male vi ho fatto? Potevo perseguitarvi, costringervi a parlare, e invece vi ho lasciato tranquillo, anche perché - aggiunse come fra sé, abbassando la voce - non avevo bisogno, ed ero superbo. Ma adesso invecchio, adesso la miseria sta per cavalcarmi... e tutti mi disprezzano perché son povero, tutti mi odiano come mi odiava lui. Sarà una mia fissazione, ma è così. E voi siete davanti a Dio, adesso, e anche lui a quest'ora mi avrà ben perdonato. Ditemi dunque dov'è la brocca. I denari, prima di morire, mio padre li aveva di certo, perché aveva venduto le terre e la casa. Dove li ha messi? Voi lo sapete, e voi dovete dirmelo.

- Mi dia da bere - gemette il vecchio; e quando ebbe bevuto, fece uno sforzo per parlare.

- Se ne vada, don Vissenti. Qui perde il suo tempo, e io l'ho trattenuto inutilmente. La brocca non esiste, e suo padre ha venduto la terra e le case per amore del prossimo, per pagare i debiti e i servi e lasciar lei povero, sì, ma onorato. Se ne vada, se ne vada - non cessò di ripetere, ricadendo sul giaciglio. E fu preso da un'agitazione nervosa che non lo abbandonò se non quando don Vissenti promise di andarsene.

E quando fu a casa, anche don Vissenti fu preso da un'agitazione nervosa simile a quella del vecchio. Anzi gli sembrava che questi gli avesse attaccato il suo male; si voltava e rivoltava nel letto, e il letto era duro come un sacco di paglia; e una sete amara gli intossicava la bocca.

Provò a bere, ma sputò l'acqua calda e piena di bollicine; poi si mise a ridere, goffamente, come dopo il battibecco col parente ubriaco.

- E tu credevi di far opera di carità dando da bere questo veleno a quel disgraziato? - disse a voce alta, imitando il modo di parlare del parente. - Va, va all'inferno.

Si vestì ed uscì. Era una notte di luna, chiara come un bel giorno chiaro. Cammina, cammina, egli si trovò nello stradone, verso una valletta ch'era il solo luogo un po' fresco dei dintorni, e dove appunto la gente del paese andava ad attingere l'acqua a una scarsa sorgente.

Quel terreno una volta apparteneva alla sua famiglia, e laggiù appunto egli credeva che il padre avesse sepolto il tesoro.

Cammina cammina, incontrò un ragazzo scalzo con due piccole brocche d'acqua luccicanti alla luna.

- Mi dai da bere? - domandò, e fu sorpreso e intenerito dal gesto silenzioso col quale il ragazzo gli porse senz'altro una delle brocche.

L'acqua era freschissima, ed egli bevette pensando al vecchio che moriva di sete.

- Mi vendi questa brocca? - domandò, e il ragazzo fece un gesto quasi di derisione.

- E se la prenda così: non vendo acqua, io.

Rifecero la strada assieme, fino al pagliaio, dove don Vissenti rientrò lasciando la porta aperta.

Al chiaro di luna vide che il vecchio si agitava di nuovo, spasimando.

- Acqua... acqua...

Lo sollevò subito e lo fece bere dalla brocchetta. E la brocchetta tremò contro la bocca del moribondo, e pareva tremasse da sé, per qualche cosa di misterioso che accadeva in quell'attimo; per la gioia del vecchio che sentiva di essere finalmente assistito per pietà e beveva alla fontana dei suoi sogni, ma sopratutto per la gioia di don Vissenti che sentiva di aver ritrovato il tesoro sepolto dal padre.

I DUE

Viaggiavano a piedi, su e giù per le valli rocciose della Gallura, due uomini senza bisaccia e senza mantello, che discorrevano sempre e col discutere pareva si dimenticassero della fatica del viaggio.

E il più vecchio finiva sempre col dare ragione al più giovane: anzi sembrava, com'è giusto, voler imparare da lui; e spesso gli domandava spiegazione di quello che non riusciva a capire.

Così avvenne che arrivarono a uno stazzo, abitazione campestre di un povero pastore di pecore. Lo stazzo era, più che povero, primitivo, composto di una casupola di pietra grezza, un recinto di siepe per il bestiame e una tettoia di frasche che serviva a più usi.

Nel momento in cui arrivavano i due sconosciuti, la giovine moglie del pastore lavava, sotto questa tettoia, i suoi due bambini gemelli, nudi, grassocci e allegri come due angioletti autentici. Il cane scherzava intorno a loro, e un agnellino di pochi giorni che ancora non si reggeva bene sulle gambe stava presso la donna come un suo terzo figliuolo e col suo belato pareva la chiamasse mamma.

Il quadro era così bello, con lo sfondo del prato fiorito di asfodeli e di nuvole rosa all'orizzonte, che il più vecchio dei due uomini si mise a piangere: tanto più che tutte quelle buone creature, compreso il pastore che venne fuori dallo stabbio, accolsero con gioia, come fossero vecchi amici, i sopraggiunti.

- Dateci da bere - disse il più giovane.

E il pastore diede loro del latte appena munto, e li invitò a riposarsi: poi, sentito che andavano lontano e sprovvisti di tutto, li invitò anche a desinare e a passar la notte nello stazzo, se volevano: non solo, ma ammazzò una pecora, per far loro onore, e le carni che avanzarono dal banchetto le diede a loro, per il resto del viaggio, avvolte nella pelle della bestia uccisa.

Infine, sentito che andavano verso i monti raccomandò loro di recarsi presso un suo parente ricco, il quale possedeva molti terreni, molto bestiame, molti servi, e uno stazzo grande come nessun altro nei dintorni.

- Egli vi offrirà ospitalità più gradevole della mia - disse; ma la moglie che era una donna fina, aggiunse:

- Se sarà di buon umore!

Verso il tramonto i due partirono, lasciando con rimpianto quel luogo di pace. Da lontano il più vecchio si volse e vide il pastore che giocava coi suoi bambini e col cane e con l'agnellino, felici tutti come gli uccelli che svolazzavano fra le macchie. E il sole che cadeva sul mare pareva allungasse i suoi raggi fino a loro per prendere parte alla loro felicità.

- Signore, - mormorò, - io ti ringrazio poiché mi hai fatto vedere che la gioia esiste ancora sulla terra.

Cammina cammina essi arrivarono prima che fosse notte alta allo stazzo del ricco proprietario. Più che stazzo poteva dirsi quasi un piccolo castello, con le sue facciate di granito, le sue inferriate, i muri alti dei suoi cortili e dei suoi stabbi. La luna lo illuminava, e al suo chiarore la chiostra dei monti sovrastanti pareva tutta una fortificazione ciclopica, una cinta di torri e di spalti messi lì a difesa della casa del ricco.

I cani abbaiavano; e attraverso il loro urlo assordante si sentiva una voce d'uomo che gridava improperi contro qualcuno. Poi si sentì un grido di donna e pianti di bambini. Qualcuno buttò da una finestra una stoviglia che si fracassò contro una pietra: e il rumore fu così stridente, e vibrò così a lungo, così in lontananza, che parve tutto il passaggio s'incrinasse.

Il vecchio fu del parere di andar oltre e passare la notte all'aperto piuttosto che chiedere ospitalità in una casa tanto agitata.

Ma il più giovane batté alla porta.

Tosto il chiasso dentro si calmò: una serva aprì, diede uno sguardo ai due e nel vederli così malvestiti s'irrigidì.

- Se il padrone non vi conosce non potrà darvi ospitalità - disse. - Sarebbe bella che in una casa come questa si accogliessero tutti i vagabondi che passano. Ad ogni modo vado a vedere.

Chiuse loro la porta in faccia e andò a vedere. Ma non tornava mai. Dentro ricominciarono le voci, i pianti, gli strilli. Il più giovane dei due uomini tornò a picchiare.

- Picchiate e vi sarà aperto - diceva.

Questa volta venne un servo: aveva un aspetto più benevolo di quello della serva, ma anche un po' sarcastico.

- Proprio stanotte! - esclamò. - Stanotte che ci sono tutti i diavoli in casa. Il padrone ha bastonato la padrona, e la padrona se la prende coi bambini e coi servi. Sempre così, del resto, sempre questioni d'interessi, sempre inquietudini e malumori.

- Va a vedere se il tuo padrone ci dà ospitalità - disse il più giovane.

Il servo andò a vedere; e non tornava mai.

Il più giovane picchiò una terza volta.

E questa volta venne il padrone in persona, rosso in viso per la collera, con un bastone in mano e un cane appresso.

- Se non smettete di picchiare - disse - voi assaggerete il sapore del legno, e questo cane saprà il sapore dei vostri polpacci sporchi.

E chiuse bestemmiando.

Il più vecchio s'era prudentemente tirato da parte e faceva il segno della croce: il più giovane non disse parola, ma nel passare davanti a uno stabbio vuoto vi buttò dentro le ossa della pecora che il pastore povero aveva ammazzato per festeggiare i due ospiti.

E d'improvviso da quelle ossa seminate sul terreno nudo sorse un gran numero di pecore grasse e pregne; tante che lo stabbio ne fu colmo. I due andarono oltre.

- Perché hai fatto questo? - domandò il più vecchio. - Tu non hai dato niente al povero che ci ha ospitato e accresci la ricchezza di questo maledetto?

- La ricchezza è la sua maledizione e la sua maledizione crescerà con la sua ricchezza. Beati i poveri di spirito, poiché in essi è il regno dei cieli anche sulla terra - disse Gesù. Poiché il più giovane era Lui e il più vecchio era il suo servo Pietro; e tutti e due se ne andavano in giro per il mondo in cerca di uomini di buona volontà.

LA LETTERA

La nonna tenne un po' in mano la lettera azzurra chiusa con un sigillo dorato, orgogliosa che il giovane nipote, al quale era diretta, oltre che del modesto cognome paterno si giovasse di quello materno, ch'era quello di lei: cognome di nobiltà, antica quanto oramai povera, del quale il ragazzo si fregiava come di una medaglia al valore o, forse meglio, come di un'orchidea all'occhiello.

Poi mise la lettera sulla tavola ancora apparecchiata per lui e tornò a sedersi davanti alla finestra.

Un rettangolo di sole entrava dalla finestra e saliva ad accarezzar le mani, poi le ginocchia, poi il petto della piccola signora: e quel tepore accresceva la gioia di lei, le sue speranze per l'avvenire. Ella sognava, come aveva sempre sognato nella sua vita: poiché la lettera, ella lo sapeva benissimo, era della ricca signorina che da molto tempo piaceva al nipote; e una signorina che scrive così una lettera voluminosa, sigillata in quel modo, non può che essere innamorata e consenziente. Un rifiuto è scarno, sdegnoso di segreto, e tutt'al più si nasconde per cortesia e non usa sigilli dorati. - Ella lo vuole. Finalmente lo vuole, Dio sia ringraziato - pensa la nonna, piegando la testa: e il sole le accarezza anche la testa di argento e pare proseguire il pensiero di lei: - Sì, nonna, ella lo vuole; e tu puoi alfine riposarti, metterlo nelle sue braccia come tu lo hai ricevuto dalla tua figlia morente: puoi alfine dormire e stare sempre al sole laggiù.

Laggiù, si vedeva dalla finestra, era la cittadella bianca di quelli che non aspettano più; coi suoi verdi merli di cipressi, su uno sfondo di monti così azzurri che sembravano i monti del paradiso.

Ella cominciava a sonnecchiare, quasi prendendosi un acconto del grande riposo; ma d'un tratto l'orologio a pendolo, che palpitava incessante nella quiete della piccola sala da pranzo, suonò rapido le ore, e a lei parve di sentirsi battere sulle spalle con una verga di metallo. Trasalì e fu ripresa da tutte le inquietudini della realtà.

Il ragazzo tardava. Non era la prima volta che tardava; ma non per questo l'inquietudine di lei s'illudeva. Erano tutti e due soli nella grande città; e nella grande città i pericoli di morte sono più facili che nel deserto.

Tanto più ch'egli era distratto, se non spensierato; anzi molto serio e pensieroso ma indifferente ai pericoli e come lontano dalle cose piccole eppure così terribili della vita.

Per esempio, avrebbe potuto avvertire, quando tardava, sapendo la nonna sola e inquieta, tanto più che avevano il telefono, solo superfluo che ella si permetteva appunto per potere stare sempre in contatto con lui, e chiedere soccorso all'umanità in caso di bisogno.

E d'improvviso ella s'alzò vibrando poiché un suono di campanello la chiamava; ma era il campanello della porta, ed ella non s'illuse un istante: una disgrazia doveva essere accaduta.

La porta dava su un pianerottolo scuro ed ella apriva sempre con una certa diffidenza, sebbene poco avesse a temere; questa volta però aprì subito e trascolorò nel vedere una guardia di città.

- Non si spaventi, - disse l'uomo sinistro, - suo nipote è stato investito da una bicicletta e ha un piede ferito: io stesso l'ho accompagnato all'ospedale. È cosa da nulla.

- Non è vero - ella esclamò. - Se la cosa non fosse grave egli si sarebbe fatto accompagnare a casa. Ditemi la verità.

- Io non dico che la verità - l'altro affermò severamente. - Suo nipote la prega di andarlo a vedere.

Ella corse dentro. Dove correva? Non le importava di mettersi il cappello ed il cappotto: correva per qualche altra cosa. Rientrò nella saletta da pranzo e provò una indicibile angoscia nel rivedere la tavola ancora apparecchiata per lui che forse non sarebbe rientrato mai più: prese la lettera e tornò alla porta.

- Andiamo.

Andarono. Le scale non finivano mai. Erano buie e gente misteriosa saliva e scendeva e a volte impediva il passo alla nonna e al suo sinistro compagno.

Finalmente uscirono nella strada, ed ella prese una vettura per arrivare più presto: ma neppure a farlo apposta il cavallo sdrucciolava sul selciato fangoso, e il vetturino, pure frustandolo e imprecando, lo faceva camminare piano.

- Io lo sapevo, - ella diceva alla guardia che non parlava più, - lo sapevo che una disgrazia doveva succedere. Era troppo buono e bello, il mio bambino; e adesso, dopo tante disgrazie, dopo la morte della sua mamma e poi del padre e di tanti altri parenti, eravamo quasi felici: lui studiava, ed io ero venuta in città per assisterlo, perché non avevo altri che lui. Non siamo più ricchi, come un tempo, anzi siamo poveri; ma tante speranze fiorivano nel margine della nostra vita. Anche oggi, poco fa, è arrivata una lettera, una bella lettera celeste, col sigillo d'oro, che portava certamente la fortuna.

A queste parole la guardia parve sogghignare; il suo viso pallido e gonfio, con gli occhi bistrati e la bocca livida, aveva davvero qualche cosa di lugubre.

- Sarà la lettera di qualche ragazza della quale suo nipote è invaghito.

- Che ne sapete voi? - disse la nonna.

E un dubbio rese più intollerabile la sua angoscia; sì, il ragazzo era molto innamorato della donna del sigillo d'oro: e aveva attraversato periodi di grande tristezza per lei che non lo voleva. Non si confidava con la nonna; ma la nonna sapeva tutto, e il dubbio che egli avesse tentato di morire per amore rendeva più intollerabile la sua angoscia.

La vettura continuava il suo triste viaggio. Adesso percorreva un viottolo stretto fra due siepi; e la nonna si meravigliava che l'ospedale fosse così lontano.

D'un tratto il cavallo inciampò di nuovo, ed ella propose alla guardia di scendere e proseguire la strada a piedi.

- Lei è pazza, - disse il cattivo uomo, - non si arriverebbe neppure fra un'ora.

Mille angosciosi pensieri le oscuravano la mente; aveva paura che il vetturino sbagliasse strada, o conducesse lei e il suo compagno in qualche luogo pericoloso; e non sapeva se era giorno o notte: aveva perduto la nozione del tempo e le pareva di aver la testa avvolta in un velo nero. E il più terribile era che, come nei sogni, ella sentiva di non aver più la volontà di vincere la sua angoscia: mentre quando si è desti, vale a dire si è vivi, basta questa volontà a rendere sopportabile anche il più crudo dolore. Quando si sogna nel dormire, invece, e si è quindi già nel regno della morte, si sente che ogni volontà è inutile, e il dolore è completo.

E il suo affanno crebbe quando la guardia le chiese d'improvviso di far vedere la lettera; e anzi tese la mano per aprire la borsa di lei. Ella non oppose resistenza.

L'uomo trasse la lettera, la guardò da una parte e dall'altra, poi anche attraverso la luce, ma non l'aprì: infine la rimise accuratamente dentro la borsa.

- Questa gente qui bisognerebbe impiccarla, - disse con enfasi: - non pensa che a divertirsi, e chi piange piange -. E la nonna non dubitò più: il ragazzo doveva aver compiuto un delitto contro sé stesso per amore.

- Per carità, in nome di Dio, mi dica il vero, - supplicò, - sono coraggiosa; ho avuto tante disgrazie. Il ragazzo ha tentato di uccidersi?

La guardia fece cenno di sì, in modo strano, quasi sorridendo, quasi volesse dire: - E poiché lo sa, perché me lo domanda?

- È grave?

Egli accennò ancora di sì, ma senza più sorridere.

Allora lei si mise a piangere: un pianto senza lagrime, ma di una pena infinita, quale non l'aveva mai provata neppure per la morte degli altri suoi cari.

Le parve che quel viaggio misterioso la conducesse ai confini della terra; laggiù dovevano seppellirla.

E tutti i più dolci ricordi del diletto fanciullo le tornarono al cuore, e da fiori si mutarono in serpi: e il dolore ch'egli le dava, e questa prova d'ingratitudine e disamore per lei, aumentarono il suo amore per lui. Lo vedeva disteso lungo pallido sul letto dell'ospedale, con la giovine bocca e i grandi occhi tinti dalle viole della morte, e si faceva coraggio solo per far coraggio a lui, e aiutarlo nel passo ultimo come lo aveva aiutato nei suoi primi passi.

E pensava di mettergli la lettera in mano, poiché egli l'aprisse al di là e tutto il suo eterno avvenire ne fosse illuminato di gioia.

Lo squillo nervoso del telefono la svegliò dal suo cattivo sogno.

Era lui che chiamava.

- Nonna, scusami; ho tardato; sono con degli amici che mi tengono a colazione con loro. Nonna...

- M'ero addormentata; e sognavo - ella disse, con una voce lontana ancora fredda d'angoscia.

Egli non badava a lei.

- Tornerò verso le cinque; se hai da uscire esci pure, nonna.

- C'è una lettera per te.

- Una lettera? Ah sì, - egli disse dopo un attimo di silenzio, - so di chi è. Va bene. Addio.

Ella tornò nella saletta da pranzo e guardò con un senso istintivo di pietà la lettera.

Più tardi infatti, quando egli se ne andò fuori di nuovo nella sera luminosa di luna e di canti giovanili, la rivide aperta e lasciata con indifferenza sul tavolino di lui: ne lesse qualche brano; e seppe che la fanciulla dal sigillo d'oro non solo voleva il ragazzo, ma si lamentava di essere già abbandonata da lui.

AMICIZIA

Quando arrivarono i due amici l'osteria era già quasi al completo: con ciò non si vuol dire che ci fosse molta gente, perché è un locale piccolo, un'antica latteria che di questa conserva l'aria innocente, coi suoi tavolini di marmo, le sedie verdi, il banco di zinco dominato dalla figura placida della padrona coi capelli bianchi sollevati infantilmente sulla fronte.

Una luce discreta scende dall'alto, da una lampada corazzata di velo rosso contro le mosche: una luce che raddolcisce i volti degli avventori e giova alla quiete di quel composto santuario di Bacco. E gli avventori si dimostrano degni del luogo; nessuno fuma, nessuno è accompagnato da donne: sono quasi tutti coppie di amici dai cinquanta ai sessanta; e il naso ardente che la luce complice della lampada non riesce a difendere del tutto, e la pancia abbondante che la cinta dei calzoni abbraccia a stento, rivelano tanti emeriti ubriaconi.

Ma nessuno di essi trascende: tutti conoscono la scienza del bere, e bevono i vini sinceri, non badando a spesa, poiché per lo più sono commercianti che durante la giornata hanno concluso eccellenti affari; e sorridono con compatimento se fuori passa qualche comitiva di giovinastri avvinazzati che cantano e urlano trascinandosi in mezzo come una donna perduta la musica disperata di una fisarmonica.

Basta un esame a prima vista dalla porta a vetri spalancata, per far capire all'amico che condotto dall'amico ci entra per la prima volta, che si trova in un luogo d'iniziati, i quali si guardano bene dal fare la réclame al locale per non vedersi preso il posto, come pure sono parchi di complimenti con la padrona ancora senza malizia, per non indurla nella tentazione di battezzare il purissimo vino di Genzano ch'ella vende a metà prezzo delle altre ostesse.

- Eccolo, è seduto nell'angolo a destra della porta - disse sottovoce l'altro amico nel mettersi a sedere a un tavolino accanto al banco: poi si volse verso la padrona sorridendole e facendole cenni misteriosi con le labbra e con le dita, finché lei scese dal suo trono e portò un'anfora di vino rosso sulla cui bocca egli si piegò come sulla bocca odorosa di una fanciulla innamorata.

- Non mi fate sfigurare, sora Nina - disse sollevandosi. - Qui si tratta di un nuovo avventore che sebbene forestiero può dirsi padrone di Roma. Guardatelo bene: ha venduto oggi tant'olio da calmare il Grande Oceano in tempesta. Oh, compare, su, coraggio, all'assalto.

Il compare pareva immerso in un sogno, tutte le sue facoltà visive e intellettuali concentrate sull'avventore seduto solo al tavolino dietro la vetrata della porta che gli serviva da paravento.

Quest'avventore era anche lui un uomo anziano, ben portante, vestito completamente di nero, col viso raso tinto da quell'inesorabile riflesso che il buon bicchiere lascia sul viso dei suoi adoratori: solo lo distingueva dagli altri il brillare degli occhiali d'oro misto a quello dei vividi occhi azzurri.

Teneva davanti una bottiglia dal collo slanciato come quello di una bella donna, e di tanto in tanto la piegava lentamente con un gesto quasi di voluttà, versando il vino nel bicchiere; e il bicchiere non lo pienava mai più che a metà e lo accostava alle labbra con religione come fa il prete nella messa.

Nessuno badava a lui, tranne il nuovo avventore, ma anche questo cessò di fissarlo a un colpo che l'amico gli diede col ginocchio sul ginocchio dicendogli sottovoce:

- E bevi, Marcantonio! Così finirai col farlo andar via. E bevi.

L'altro beve, in silenzio: ma il vino gli gorgoglia in gola come quando si ha il singhiozzo. Uno, due, tre bicchieri: ricominciano i cenni misteriosi verso la padrona e l'anfora viene riempita. Quante volte viene riempita l'anfora e quante i bicchieri? I bicchieri che due veri amici bevono in compagnia, pagandoseli a vicenda, non è discrezione contarli: si deve badare solo all'effetto; e l'effetto è ottimo: la felicità siede terza al tavolino dei nostri amici e le fanno corona le migliori qualità che avvicinano l'uomo alla perfezione.

Specialmente il forestiero si sentiva in stato di grazia: ogni tanto allungava la mano per stringere quella dell'amico, e si faceva forza per non lasciar cadere qualche lagrima dentro il bicchiere.

- Ti ringrazio, oh, ti ringrazio - gli diceva sottovoce. - Eravamo amici ma adesso siamo fratelli. La mia casa è la tua, il mio letto è tuo.

- Eh, ma ci dorme anche tua moglie.

- Non fa niente. Mia moglie è una donna religiosa: e religioso sono anch'io - riprese alzando la voce e declamando sebbene le parole gli zoppicassero in bocca. - Cristiano sono, cattolico e credente, e venero la nostra santa madre Chiesa e il Sommo Pontefice e quanto lui fa. Se per esempio egli volesse uscire io sarei il primo ad approvarlo. Le cose andrebbero meglio, se lui uscisse, se si mescolasse al gregge, portando intorno la sua benedizione.

Qualcuno si volse ad ascoltarlo. L'amico si sentì un po' a disagio e ammiccava qua e là verso i suoi conoscenti per scusare il forestiero. Un ometto però, seduto lì accanto, non poté tenersi dal dire:

- Qui la benedizione ce la dà la sora Nina, e che benedizione! Mi pare che anche lei la senta.

- Lei è comunista? - domandò fieramente il provocato.

- Qui non ci sono né comunisti né fascisti. Non c'è che un comune fascio di italiani che bevono alla salute e gloria della patria.

Uno scoppio di riso discreto scosse la compagnia: anche il signore laggiù sorrise, e il nostro amico, che non lo perdeva mai d'occhio, si sentì scorrere quel sorriso nel sangue con un brivido profondo.

Invitò l'ometto al tavolino, e fu lui adesso a far cenni alla padrona come fossero d'intesa da anni; poi raccontò i suoi affari di famiglia al nuovo amico, e lo invitò al suo paese e a casa sua.

- La mia famiglia, non faccio per dire è la più onorata e ospitale del paese. Ho ancora viva la nonna, sì, proprio la nonna, l'amico qui può affermarlo. Con questo non voglio apparire giovine io: la nonna ha cento cinque anni, e vede benissimo ancora a infilare l'ago, ed ha una memoria di ferro. Si ricorda di un porco che le fu rubato la notte che nacqui io, la bellezza di sessantadue anni fa, e ancora fa ricerche del ladro: perché noi, gente religiosa siamo; se però un torto ci vien fatto non lo dimentichiamo più. E questa mia vecchia, dicevo, è ancora arzilla e svelta: prima che io partissi mi diceva: cerca di vedere il papa; poi ci verrò anch'io, a vederlo, così morrò contenta.

- Dovrebbe aspettare ancora un po', a mettersi in viaggio - sogghignò il compare, un po' geloso della nuova amicizia, e poiché l'altro continuava e adesso alzava la voce come per farsi sentire da qualcuno, gli diede di nuovo un colpo sulla gamba, invitandolo a tacere.

- Qui non si usa stancarsi la gola, per non perdere il sapore del vino.

- Tanto più che c'è chi pesca e ripone nel sacco ogni nostra parola - disse piano l'ometto, accennando con la coda dell'occhio al personaggio con gli occhiali.

Allora il nuovo amico si protese verso di lui con curiosità ansiosa; ma un ultimo colpo sotto il tavolino lo richiamò al patto di un assoluto silenzio a proposito del personaggio misterioso, e gli fece ringoiare le sue domande.

Quando furono soli, i due vecchi amici, uno di sostegno all'altro, nella strada illuminata dalla luna, dopo un silenzio grave, si ritornò sull'argomento.

- Un altro po' e mi tradivi come un cane. Era questo il patto? Il patto era che non lo avresti fissato in viso, che non avresti accennato a lui con nessuno. Ti avevo già avvertito che io solo conosco il segreto, che a te solo lo comunicavo: avvertito ti avevo o no?

- Avvertito mi avevi. L'ometto però dimostrava di sapere.

- Niente sa, lui; né lui né altri. Solo io, tu, lui e Dio. Egli capita all'osteria una o due volte la settimana; qualcuno lo crede un tedesco, qualche altro un professore, altri infine un commissario di polizia.

- Un tedesco? Un commissario di polizia? - protestò l'altro sdegnato. Poi si fermò, si piegò, parve interrogare la sua ombra.

- Ma è proprio lui? Non ti burli di me per caso?

- Se non vuoi credermi fa il comodo tuo, Marcantonio; ma io ti dico e ti affermo che quello è proprio il papa, che esce quasi tutte le notti, di nascosto; e fa bene. Ma che ti succede adesso? E vattene...

E gli diede un colpo sulle spalle, come ai bambini ingozzati. Si videro le due ombre traballare per terra, colte anch'esse da vivo turbamento e quella del forestiero trarre dalla saccoccia e accostarsi al viso un fazzoletto grande come un giornale: ma quel che può rendere interessante questo modesto perché veridico dramma fu che anche l'amico e l'ombra dell'amico trassero il loro fazzoletto e tutto il gruppo d'ombre e di amici pianse in silenzio.

ONESTO

Sul nero di pece delle barche ferme accanto alla banchina del molo, le vele gialle dormono attortigliate come vesti ai loro picchi rossi, mentre le reti rugginose continuano a dondolarsi per aria, da un albero all'altro, pescando le conchiglie e i pesci rossi del tramonto.

È un tramonto insolitamente calmo in questo paese di vento dove tutti gli elementi e le anime sono di continuo in moto: nell'acqua azzurra del canale le barche da pesca si riflettono nitide, coi loro colori caldi di farfalle estive; e lungo la linea della banchina opposta si vedono coppie d'innamorati passeggiare tranquillamente sopra e sotto acqua, in uno sfondo irreale come i loro sogni.

Da questa parte il braccio del molo è più deserto, anzi è deserto del tutto: non c'è che una figurina nera in fondo, e un pescatore in una barca, un bell'uomo anziano, bruno e sanguigno, vestito di quel costume caratteristico fra di marinaio e di vagabondo scalzo che distingue i lavoratori del mare. È piegato a dar da mangiare a un cagnolino bianco più piccolo del suo piede, e gli parla sottovoce, e il cagnolino deve capire le parole forse tenere di lui perché ogni tanto solleva gli occhietti rossi e smette di leccare il piatto per leccare la mano che lo accarezza.

- Quanti giorni ha? - domando io dall'alto della banchina.

L'uomo si leva il berretto e risponde, lusingato per l'attenzione che desta il suo minuscolo compagno.

- Cinquanta.

- Già tanto ed è così piccolo. Crescerà.

- No, signora, non crescerà.

- Abbaia?

- No, signora, non abbaia.

- E allora cosa lo tenete a fare?

Egli non sa dirlo.

- Per bellezza, vero?

Allora egli ride: ride di vero piacere.

Per bellezza! È il termine giusto, ed egli è felice di sapere finalmente perché tiene il cagnolino.

Intanto la figurina nera s'è avvicinata, e ingrandita: ha preso, staccandosi dallo sfondo abbagliante del mare, la forma di una vecchietta gobba col bastone: è coperta di stracci, ma tutta pulita, con un velo di capelli bianchi sulla cute rosea della testa tremolante e due bellissimi occhi azzurri sotto una fronte così spaziosa e rugosa che ricorda la spiaggia al ritirarsi dell'onda.

Anche lei si ferma e mi saluta, poi sorride al cagnolino che le restituisce il saluto scodinzolando.

- Signora - ella dice dopo un momento di esitazione: - lei forse non ricorda la promessa.

Io non la ricordo davvero; ma la ricorda bene lei, che ha una memoria più ferma della mia. Sette anni or sono, vale a dire in un tempo lontano come quello delle fate, laggiù nel lido battuto dal vento di autunno, pare che io l'abbia incontrata mentre raccoglieva fuscelli fra le alghe, e le abbia promesso il mio vestito di lana allora nuovo nuovo.

- Avete ragione. Il mio vestito di lana di quell'anno se n'è da molto andato, però: la primavera lo ha tosato come tosa le vesti delle pecore; ma non dubitate; disgraziatamente per me io uso tenere le promesse, e vi troverò qualche altra cosa.

- Di lana, mi raccomando. D'estate non abbiamo bisogno di nulla; siamo tutti ricchi e vestiti dal buon Dio; ma l'inverno è lungo, qui, signora mia; il freddo si tocca, e il vento pizzica come i ragni di mare. Allora si è davvero tutti poveri e nudi, e non ci possiamo aiutare. Non è vero, Onesto?

L'uomo pareva non ascoltare; anzi aveva abbassato il testone coperto da una spazzola di capelli neri e si guardava fra le mani la pianta di un piede come ci avesse una spina; nel sentirsi interpellato sollevò il viso e rispose pronto:

- Verissimo.

Ma la vecchia mi guardava in modo ambiguo come si beffasse di lui.

- Hai fatto buona pesca, oggi, Onesto?

- Così, così. Troppa calma.

- Non ti è rimasto nulla, in barca?

Egli sembrava molto confuso. Senza alzarsi sollevò il lembo di una stuoia e scoprì un cestino di pesciolini rigidi e brillanti come lamette di acciaio: pareva disposto a darne, ma senza scomodarsi. Allora lei attaccò un fazzoletto alla punta del suo bastone e lo calò come una rete, piegandosi fino all'orlo della banchina; e quando ebbe tirato su la sua pesca me ne offrì la metà; io naturalmente dovetti rifiutare.

Ho tenuto la promessa: ho portato io stessa alla vecchia la mia usatissima giacca di lana a maglia.

I bei giorni del cuore dell'estate se ne sono andati, e questo vasto cuore comincia a raffreddarsi come quello di un amante sazio; a giorni soffia il garbino, il più potente e odioso dei venti, che per le nuvole di sabbia che solleva dà alla spiaggia solitaria l'illusione del deserto, e fa tremare e retrocedere anche le onde più cattive.

Da qualche giorno non vedo più la vecchia e temo sia malata. So dove abita, e vado dunque a portarle la mia giacca.

Anche il paese è quasi deserto, con le lunghe file di casette che sembrano tanti torroncini; casette nuove di pescatori arricchiti: attraverso le finestre si vedono, sui cassettoni monumentali, servizi per liquori, conchiglie e colombi di marmo; e gli attaccapanni di ferro simili ad alberi che i primi freddi hanno spogliato degli innumerevoli stracci dei bagnanti.

Dopo il paese nuovo che corre al mare, il paese vecchio si raccoglie in sé con una certa fierezza; eppure è un vero nido di poveri, di gente antica che, per quanto la vecchia affermi, è misera anche d'estate: tutto vi è fermo, scuro, consumato; le pietre, le aperture, le persone: anche le ragazze hanno un viso fino, consunto, come divorato da mal sottile.

Ritrovo la mia vecchia in un cortile lungo che sembra un vicolo sul quale si aprono le porticine di abitazioni preistoriche; quella di lei è la più pulita, col suo camino, il lettuccio coperto da uno di quei drappi che si vedono nelle barche dei pescatori e sembrano tappeti: c'è anche un tavolinetto e una sedia ch'ella si affretta a spolverare per offrirmela. Del resto non sembra molto turbata per la mia visita, e quando svolgo e le porgo la mia giacca la guarda bene da una parte e dall'altra quasi si tratti di comprarla e non di accettarla per elemosina; infine l'attacca ad un chiodo assieme con altri stracci e volge il viso sorridente.

- Signora mia, la ringrazio. Ed io cosa devo darle?

- Raccontatemi qualche storia.

Ella mi guarda diffidente, rabbuiandosi in viso, quasi capisca che si tratta di una speculazione bella e buona; poi si raccoglie, si piega ancora di più sul suo bastone, sotto il gomitolo della sua gobba: pare peschi nella sua memoria come quel giorno nella barca di Onesto, e ne trae qualche cosa che mi offre appunto come quel giorno i pesciolini.

- Ricorda, signora, - dice sollevando la fronte sulla quale s'è alquanto spianata l'impronta delle onde innumerevoli dei giorni vissuti, - ricorda com'era confuso per la sua presenza il povero Onesto? Povero per modo di dire, perché è ricco, veh! Ha due barche nuove e tre ville tutte affittate: e pesca per cento e duecento lire di pesce al giorno. Ebbene, era confuso, per la sua presenza, signora, l'ha notato? Perché è un bravo uomo, le dico: a cercarmi non viene, ma se ho bisogno e glielo mando a dire mi soccorre subito, perché, signora, io da ragazza sono stata in casa sua, del suo nonno voglio dire, perché lui non era nato ancora. Il suo babbo era un ragazzo, poco più vecchio di me, e mi diede promessa di matrimonio: così si fece assieme un bambino, ma poi lui non mantenne la promessa. E Onesto si vergogna di questo.

IL NOSTRO GIARDINO

L'albero senza nome

Pianta oggi, pianta domani, il nostro giardino è diventato una vera foresta.

Ho contato fino a cento qualità di piante; poi mi sono fermata, non per stanchezza ma per sbalordimento, pensando che se fosse a contarle tutte, senza comprendere quelle a cui si fa inutilmente una guerra spietata, si arriverebbe al migliaio e forse più.

Molte sono nate da sé, e sono le più belle: della bellissima fra le belle ho però cercato invano il nome nei libri di botanica, e invano domandato ad un ispettore forestale e ad un professore di agronomia.

È vero che quest'ultimo non conosceva neppure il nome delle altre piante.

Quest'albero senza nome è sempre verde, con fiorellini bianchi a primavera che cadono appena sbocciati, incessantemente, e incessantemente rinascono: anche le foglie morte, sul finire della primavera, sono subito sostituite dalle nuove. È infine una pianta sempre giovane, senza profumo, insensibile all'estate e all'inverno, fresca eppure austera, che non attira gl'insetti né gli uccelli, che pare non conosca l'amore, che non si riproduce e fa ombra solo per sé: un bellissimo esemplare di egoista vegetale.

Forse per questo è la prediletta fra tutte.

La pianta maledetta

Un signore, che adesso è morto, mi aveva fatto dono, appena sistemato il nostro giardino, di una pianta ornamentale che egli coltivava religiosamente in un vaso.

Lui stesso portò il vaso nel nostro giardino, scavò una buca, ve lo mise dentro e lo spezzò: e la pianta fu della nostra terra.

Ed era, sul principio, veramente nobile e graziosa, con le sue grandi foglie ricurve, lanceolate, lucide e grasse. Solo il suo nome ricorda epopee di gloria e di bellezza e dà la visione di monumenti divini: l'acanto.

A poco a poco crebbe, mise dei lunghi fiori gigliati, duri, violetti, e poi tubi di semi che destavano voglia di farci l'olio.

Crebbe, crebbe; non aveva altra missione, adesso, che quella di svilupparsi, come eccitata dall'esempio vicino della palma. Invano le lumache, prima sconosciute nel nostro giardino, germogliarono alla sua ombra, attaccate come un vizio nascosto sul rovescio delle sue grandi foglie così belle a vedersi di fuori: invano le vespe, i maggiolini, le formiche, le cavallette, i vermi e ogni peggior sorta di animali divoratori, le furono addosso, sotto e sopra: lei cresceva, ed era lei che attirava e dava alimento a questo popolo distruggitore.

Allora abbiamo pensato di estirpare la nobile pianta. Estirpata rinacque, non solo, ma l'anno appresso, e ancora oggi nonostante i più radicali rimedi, il giardino fu ed è invaso di acanti e di tutte le maledizioni che li accompagnano.

Una persona maligna mi aveva una volta descritto il signore dell'acanto come un uomo di cattivi sentimenti che si compiaceva del male altrui: sia pace all'anima sua, ma adesso ci credo.

Il pomo

Nei primi anni, mentre mi compiacevo dei ciglioni erbosi e dei prati ancora allo stato selvaggio che circondavano il nostro giardino, e sognavo di acquistarne qualche pezzo, odiavo la nostra proprietà che avevamo dovuto comperare per forza onde evitare un'altra casa rasente alla nostra, che ci avrebbe rubato l'unico vero bene per il quale si era sacrificato il lavoro di tutta la nostra vita: il sole.

Odiavo quel pezzo di terreno perché costava così e non produceva nulla: e il giardiniere pretendeva tanto che si doveva ancora lavorare per lui: e metteva tale disordine che quando io scendevo stanca per riposarmi all'ombra dell'unica robinia che si dondolava su le altre piccole piante come il pavone in mezzo ai pulcini, mi toccava di lavorare ancora per raccattare le canne, gli sterpi, le fronde, i sassi buttati qua e là da lui.

Ma venne la guerra, e di giardinieri non si parlò più: erano andati a farsi ammazzare, come qualche cuore crudele loro augurava; e nel dopoguerra quelli tornati felicemente sono disponibili, per le loro pretese, solo per i miliardari.

Avvenne che del giardino la giardiniera diventai io: e il luogo riprese l'aspetto dei borri circostanti: crebbero le canne, e i convolvoli selvatici si avviticchiarono ai cespugli coltivati come le donne di servizio ai loro presunti fidanzati; l'erba rinacque più folta sulla sabbia dei piccoli viali, e piante di tutte le regioni, dall'abete alla palma, dalla quercia all'olivo, nacquero spontanee come nel paradiso terrestre.

E ci nacque e crebbe e diede frutto anche il pomo: ma fu innocuo perché sul più bello, quando i frutti erano maturi, ci furono rubati.

Il dramma del nostro giardino

Questo è il dramma non da prendersi tanto in ridere, del nostro felice giardino.

Si lavora, si lavora, si spende in concime tanto che un mezzo chilo di piselli, nel colmo della stagione, viene a costare dalle otto alle dieci lire, e le ciliege sono come già conservate nello spirito: e all'ora buona i signori ladri ci risparmiano la fatica della raccolta.

E il Comune che pretende le tasse su tanta rendita? E l'ufficio del dazio che vuol conoscere rigorosamente, e su modulo stampato, il numero dei chili d'uva? L'agente è venuto a verificare di persona, proprio la mattina dopo che l'uva, ancora acerba, c'era stata rubata: dico la verità, sebbene inviperita contro i ladri, ho provato gusto a vedere la faccia dell'agente: una faccia scura, inesorabile, come fosse lui il padrone dell'uva e ci facesse colpa di averla lasciata rubare.

I ragazzi poi sono talmente abituati a entrare e strappare tutto, che quando ci vedono in giardino ci mandano a morire scannati, come se i ladri fossimo addirittura noi.

Ma i più terribili, i più spietati sono i ladri domestici.

La gente che passa si ferma a guardare e invidia con aperte parole la nostra proprietà; conta uno per uno i carciofi, le pere, le rose; ebbene, io credo nel malocchio, perché immediatamente, anche se di fuori non entra anima viva, la roba sparisce.

Dio guardi poi se un giorno che non sono in casa io, qualche gentile fanciulla che accarezzi nascostamente il sogno di diventare un giorno la fata del nostro giardino, vi mette piede in compagnia del nostro maggior erede. Non è un ladro e tanto meno l'amore quello che passa, è un irrimediabile uragano.

Nerina

Per tutte queste contrarietà ho cominciato ad aver compassione e quindi a voler bene al nostro giardino.

E continuo a dire nostro intendendo giardino di tutti, e specialmente dei gatti del vicinato. È incredibile il numero dei gatti che vi si dà non innocente convegno e vi spadroneggia notte e giorno. Ci sono notti in cui, fra i gatti lussuriosi, l'usignolo sentimentale, i cani dei dintorni e la filosofica civetta, c'è tale un chiasso da far desiderare di essere piuttosto nel cuore di Londra.

La colpa è senza dubbio di Nerina.

Questa Nerina è un po' come il nostro giardino: la gatta di tutti.

Gatti, ragazzi, signore e anche uomini serî, amano la bellissima Nerina silenziosa e indolente che entra da per tutto sempre ornata della sua pelliccia di lontra e dei suoi grandi smeraldi di occhi coi quali ti fissa come una bambina e come una donna galante.

Per conto suo lei ama solo il gatto che le fa comodo nei giorni dell'amore, mentre altri sei o sette le corrono intorno e si azzuffano ferocemente per lei, fino ad ammazzarsi come giorni fa è accaduto: ama il gatto, il formaggio, il pesce, e anche le chiacchiere delle donne. Sta sempre in mezzo a noi, quando ci riuniamo nel giardino, e si sceglie il posto migliore, se non pretende di venire addirittura in grembo.

È la sola che rispetti la roba del giardino: cerca solo qualche filo d'erba misteriosa quando si sente male: e si sente male spesso perché è continuamente gravida.

Avrà fatto nei suoi parecchi anni di vita un centinaio di figli; eppure è sempre bella.

Ultimamente ho veduto che ha già qualche pelo bianco: e invece di sei gatti ne aveva intorno una diecina.

Il fiore della vita

Ma la vera padrona del giardino e il suo più bel fiore, il cuore stesso del giardino sei tu, Mirella.

E il canto dell'usignolo, l'aprirsi della rosa, il maturarsi del grappolo, il ritorno della primavera e la primavera stessa e tutto il fiorire di tutti i giardini del mondo sono pallide manifestazioni della gioia di Dio, davanti allo sbocciare della tua intelligenza e della tua bellezza nel sole del nostro giardino, Mirella.

Un seme di frumento è venuto a germogliare sotto la quercia nata pur essa da sé: la spiga raggiante, gonfia delle sue piccole cento mammelle si dondola al vento sull'alto stelo glauco, con un movimento di benedizione, inconscia del suo miracolo: forse lei sola può competere con te nella grandezza del mistero che vi muove entrambe, Mirella, nella gioia che destate solo a guardarvi, nella speranza che solo a guardarvi rilucida il nostro spirito arrugginito e gli fa riamare sé stesso, vale a dire Dio.

DICHIARAZIONI

Nella cassetta delle lettere oggi ne ho trovato una portata a mano indirizzata a una distinta signorina mai vista né conosciuta in via Porto Maurizio, n. 15.

Fatta una sommaria inchiesta e non avendo ritrovato questa signorina in tutta la contrada mi sono presa il diritto di aprire la lettera. Né me ne pento: perché la lettera contiene, sì, il segreto di un affare molto personale e privato; ma tale, nella sua essenza, da essere considerato pubblico e universale.

È infine una lettera di amore, che ricopio qui fedelmente con la religione e il rispetto che le si devono.

Signorina,

prima di tutto mi perdonerà se vengo a disturbarla con questa mia indiscreta lettera.

Dunque, è, non ho potuto far calmare il mio cuore in subuglio, che palpita continuamente pensando la sua cara ed affascinante visione.

Maria, io l'amo, l'amo, di un amore puro e sincero che nessuno uomo la potrà amare mai al par di me.

La mia felicità è per sempre perduta, la potrò ritrovare mediante una sua parola dove si concentra amore.

Aspetto la risposta con la testa confusa e spero in bene e anelo come le api anelano al calice profumato dei fiori.

Credo che lei non avrà a rifiutare il mio amore che va pazzo per lei. Mi scuserà il modo poco soddisfacente dello scrivere, causa...

Ricevete i più cari ed affettuosi saluti che partono da un cuore che palpita continuamente per lei suo devotissimo

N. N.

R. Guardia.

Questo è vero amore.

Io credo che nessuno di noi così detti letterati abbia mai scritto una simile pagina di passione, sebbene il nostro influsso si senta confusamente in quell'incarnarsi della Regia Guardia nell'ape anelante al calice profumato e anche saporito del fiore.

Ma dove ogni reminiscenza scolastica, se non la coscienza della propria impotenza letteraria, scompare, è in quest'altra lettera che la mia cameriera mi ha gentilmente prestato per questo mio scritto.

E me l'ha prestata forse per un po' di gelosia istintiva di quell'altra, ma anche perché non la interessa se non come numero di una voluminosa collezione del genere ch'essa possiede; e perché le speranze e le tendenze di questo suo ammiratore sono andate in nube.

Signorina,

Dal dì che ho avuto la combinazione di vederla solo oggi mi permetto di scriverle per la prima volta per esprimerle tutto il mio amore e l'affetto che nutro per lei.

Non potendo più trovare un minuto di riposo che le mie pupille si affissano a guardarla che me tanto cara la sua visione come un'angelo del parasido.

Nel mio ritorno in caserma mi pare di aver sognato; nessuno potrà guarire il mio cuore solo accettare la sua delicata mano che tanto l'amo. Mi dovrà perdonare che lo dichiarato il mio amore con franchezza e corregere il mio scritto.

Spero che questa mia non andrà in nube ma bensì in una risposta favorevole che mi renderà felice per tutta la vita.

Tralascio di scrivere salutandola di vero cuore suo ammiratore carabiniere

N. N.

Ebbene, queste due lettere mi inducono nella tentazione di contrapporre ad esse una terza.

Signorina,

L'ultima volta ch'io ebbi l'onore di vedervi fu segnata nel mio taccuino come giorno fasto e nefasto allo stesso tempo: fasto perché in un ambiente mistico e poco adatto per trovarmi io solo, fui punito dal desiderio intenso di vedervi davvicino, con una risatina molto graziosamente condivisa dalla vostra gentile e gaia compagna, e perché con quella risatina ebbi finalmente la gran ventura di essere giudicato da Voi, sebbene in modo poco benevolo per me; nefasto perché da quel dì, e sono trascorsi già nove giorni, vi cercai vanamente.

L'esservi poco gradita la mia figura, né corretta, né elegante, è cosa naturalissima e logica e la risatina vostra ne scaturisce come conseguenza ineluttabile; ma pure qualunque giudizio Voi facciate di me e comunque accogliate questa mia, la soave mitezza che spira dai Vostri occhi mi conforta e induce a ritenere che non Vi vorrete reputare offesa se io uso dell'ultimo diritto, dell'unico sollievo che mi resti, quello di manifestarvi la mia profonda simpatia. Amarvi è mio destino.

Questa lettera, firmata con una sola iniziale, fu proprio indirizzata a me quando avevo la divina fortuna di contare solo tre lustri.

Non ho mai saputo di chi fosse: non ho mai ricordato di aver riso dell'amore che mi passava accanto.

L'attribuivo, la lettera, a tutti i ragazzi del mio paese e non osavo per questo guardarne uno solo in viso: ed essi dicevano ch'ero scontrosa e insensibile mentre ero innamorata di tutti loro.

Così l'Ignoto non si rivelò: a meno che, letto questo mio scritto, non gli salti in mente di farlo adesso e si presenti con più coraggio, calvo grasso con gli occhiali, i denti ferrati d'oro, e col palamidone d'alto funzionario di Stato.

In fondo, però, a giudicarlo finalmente davvero dalla finezza tortuosa della sua lettera, credo fosse molto e molto più vecchio di me. Forse è già morto.

Purché il suo fantasma non si presenti a rimproverarmi il tradimento sacrilego oggi compiuto. Per placarlo gli dimostrerò che la sua è l'unica lettera d'amore che io conservo.

DISCESA DALLE NUVOLE

Confesso francamente che io non avevo mai messo a cuocere un cappone.

Gli altri anni... Ma lasciamo stare gli altri anni, sogno svanito.

La realtà presente è che io oggi, giorno di Natale, ho messo per la prima volta in vita mia a cuocere un cappone.

La donna era andata alla messa, sebbene sia miscredente, e non tornava né viva né morta: e si capisce che oggi doveva andare alla messa, perché il mercato si chiude alle nove, e lei di solito torna verso le dieci: Dio è sempre buono a qualche cosa.

Ed eccomi in cucina, di un umore tra il cattivo e il buono e con i soliti quesiti da districare.

Sono io una grande signora decaduta, per il fatto che mi trovo in cucina costretta a dar battaglia alla formidabile fila schierata delle pentole, o sono ancora una potenza rispettabile poiché davanti a me, vittima e olocausto, è la grande bestia in questi ultimi anni divenuta simbolo popolare delle nuove ricchezze?

Eccomi dunque di fronte alla grande bestia morta. È gialla, con la testa in cima al lungo collo abbandonata da un lato, le zampe ripiegate su sé stesse con abbandono e tristezza: intorno, sulla piazza del vassoio, le stanno i visceri, e dentro è vuota come una cattedrale donde sono appena usciti i fedeli.

Il compito più penoso è quello di riempire d'acqua la pentola. L'acqua delle bocchette a chiave, che a volte schizza addosso con tutta la rabbia della sua forzata prigionia, a me desta sempre un misterioso senso di paura ed anche di invincibile ripugnanza.

Io la sfuggo, come la sfugge il gatto, sebbene come il gatto io ami straordinariamente la pulizia.

Atavismo? Ricordo di luoghi dove si è vissuto con la sola acqua del cielo e delle piccole fonti vergini, affidando per necessità naturale al sole, al vento, al fuoco, la purificazione delle cose?

Certo è anche, però, che una espertissima Signora di Parigi mi disse che il segreto per tenere la carnagione fresca è di lavarsi il meno possibile. E credo che lei lo facesse davvero perché era meravigliosamente rosea e brillante come una tazza di porcellana.

Ad ogni modo, forza e coraggio, ed ecco la pentola piena a metà d'acqua.

E il cappone vi scende; ed ho l'impressione di buttare un cadavere in un pozzo: il cappone vi scende, si rannicchia in fondo, e la sua testa è più che mai rassegnata; e mai ho veduto, neppure nel mendicante vero che si chiude tutto in sé per il freddo, e neppure nel malato inguaribile che nei momenti di maggiore stanchezza cerca di riprendere la posizione che aveva nel ventre materno, la tristezza, la disperazione e l'impotenza di quelle zampe ripiegate su sé stesse.

Ne ho provato veramente una pietà materna, della quale ho subito sogghignato.

La pentola è al fuoco ed io sono contenta della mia bravura: e persino penso follemente di potermi un giorno liberare dalla schiavitù della serva.

Sogni, e sempre sogni.

Non sono passati tre minuti che una cosa spaventevole mi richiama alla realtà.

Una forza misteriosa ha sollevato e buttato fino a terra il coperchio della pentola: e due artigli gialli, protesi e feroci più di quelli che un giorno ho veduto al nibbio, salgono su dalla profondità dell'acqua calda.

Ho l'impressione che al calore del fuoco la bestia sia tornata viva.

Cerco di spingere giù col coperchio le atroci zampe e rinchiudere la bestia nella sua tomba. È come ributtare nelle onde il cadavere che il mare respinge.

Allora ho cercato un peso da mettere sul coperchio: una grossa lima che introduco nell'ansa di quello; ma la pentola sobbalza, e un vero disastro sta per accadere.

Poche volte in vita mia mi sono veduta così confusa.

Fortunatamente a salvarmi arriva la donna, col velo in testa e la corona in mano come una vera santa.

Con un colpo d'occhio indovina tutto ed ha un sorriso ambiguo, di pietà e di beffe. È una donna rispettosa, che forse mi ama, forse mi odia; il tipo della schiava ancora non del tutto emancipata.

Nell'accorgersi che io sto per darle la colpa di tutto, mi dice con calma:

- Sono io che dovrei arrabbiarmi. Bella figura mi fa fare, oggi, bella figura!

- Anche!

- Ma quando vossignoria ha mai veduto arrivare a tavola un cappone con le zampe? Avrà veduto il fagiano con le sue penne, il zampone con le sue unghie, ma il cappone con le zampe mai. È la verità?

È la verità, ed io non la posso discutere.

- Le zampe vanno stroncate, abbrustolite, pulite e messe dopo; e il loro troncone va ficcato nel corpo vuoto del cappone. Ha capito, vossignoria?

Ho capito, e ripeto fra di me l'insegnamento, per un'altra volta.

Ella intanto stronca con le sue dita bruciate le terribili zampe e le tira via: la bestia ha finalmente pace, va giù, si annega nel bollore dell'acqua schiumante.

- E adesso vossignoria se ne vada a scrivere, che fa molto meglio di stare qui. Qui non è il suo posto - dice la donna, con protezione e umiltà, ma anche con una certa imponenza.

Io però non mi arrendo.

- No, non ci vado, nello studio: basta. Troppo ho vissuto tra le nuvole.

Allora lei ha un sorriso fine, enigmatico.

- Dia retta a me, vossignoria; torni, torni nello studio, o fra le nuvole, come dice vossignoria: vedrà che sarà più contenta lei e gli altri.

Io non replico, ma non so perché, o forse perché da qualche tempo in qua vedo egualmente anche rasentando la terra le fantasmagorie delle nuvole, ho voglia di piangere.

CURA

Un tempo quando ero di malumore mi ripiegavo su me stessa a rosicchiarmi l'anima; adesso, e fortunatamente sempre più di rado, per caricare la macchina fino a farla scoppiare me ne vado mal vestita e con le scarpe più vecchie nei luoghi più tristi e plebei, per esempio in certe strade sempre fangose d'un fango nero e attaccaticcio di pece, che s'insinuano fra altre aristocratiche come l'intestino fra le viscere più nobili.

Nulla di più esasperante di quelle case alte che, in faccia alle ville e ai parchi di palme e cedri forse più belli dei giardini pensili di Babilonia, sventolano dalle loro finestre luride stracci e stracci che si agitano al vento con saluti di miseria insolente, di allegria ironica, quasi di beffe per l'austera compostezza dei luoghi dei ricchi.

Eppure non c'è cosa più viva ed eccitante di voi, stracci di via Nomentana verso dove via Alessandria sbocca col suo fiume di umanità inferiore, voi che comunicando il vostro brivido disperato al malumore finora opaco e duro gli ridestate l'istinto a ribellarsi, a sollevarsi, a cercare i mezzi per convertire il fango in oro e creare così una ricchezza che ci renda padroni delle ville e dei parchi di palme e di cedri.

Si ha l'impressione allora che gli stracci siano fazzoletti agitati dai finestrini dei treni in partenza; addio, addio: persone che vanno, persone che restano; addio, addio; partire è un poco morire: bisogna ricominciare la vita.

Ma ogni sentimento di ambizione e di speranza ricade col proseguire la strada. Vado in su, verso la piazza stellare del mercato vuota in quell'ora coi suoi sfondi metallici il cui riflesso fa luccicare il fango e i cavalli e gli asini dei carretti alcuni fermi in mezzo alla strada con le loro brave mangiatoie, più tranquilli che nelle loro stalle.

Mazzi di fiori di fanciulle ridono negli angoli dei marciapiedi, e nel centro misterioso di via Reggio una folla nera si stringe intorno a un piccolo edificio di tela dentro il quale ci deve essere, a giudicare dall'attenzione ansiosa degli astanti, qualche cosa di fatale.

- È il teatro di Pulcinella; la fabbrica dell'appetito - mi dice una sinistra vecchia strizzando l'occhio con confidenza e con invito ad andare con lei a vedere.

Ma io non mi sento ancora nello stato di grazia di accompagnarla, e proseguo: però, un certo senso di allegria incosciente mi viene comunicato dalla gente che va su e giù sguazzando nella mota e nella miseria come nel suo elemento naturale.

Mi vedo passare povera fra i poveri nello specchio grottesco del robivecchi; saluto il mio buon carbonaio nero e bello come l'antico spazzacamino. Dopo tutto sei tu, buon carbonaio, nonostante il tuo peso scarso, il migliore amico mio dell'inverno che corre, tu che porti sulle tue spalle e deponi ai miei piedi il calore necessario alla mia esistenza.

E poiché salutiamo, salutiamo anche il maestoso ventre della vinaia che tappa la bocca violacea della sua taverna; e soprattutto il fornaio birbante che senza farsi pregare come Iddio ci manda il nostro pane quotidiano. All'unto norcino, poi, regalo proprio un sorriso, perché non conosco un uomo più gentile e onesto di lui che per mezzo della mia serva mi manda, con le salsicce e l'arrosto, anche i saluti e gli auguri. Tutto questo però, a pensarci bene, avviene con l'esasperazione tranquilla del re costretto a scendere fra il suo popolo senza il quale non sarebbe re.

Cammina cammina così a poco a poco la misura si colma: torniamo indietro e pensiamo addosso a chi scaricarla. Al marito, no, perché sa metterci a posto con poche parole; ai figli no perché i figli bisogna rispettarli.

Come la freccia ben tirata va dritta al suo scopo, il mio pensiero s'indirizza alla serva, tanto più che ho paura abbia lasciato sola la casa, profittando della mia assenza, e negri fantasmi di ladri mi assalgono già. Per far presto allora infilo la strada un tempo popolata, verso sera, di coppie amorose che la preferivano perché chiusa da giardini sopra i muri dei quali gli alberi si chinavano favorevoli e complici al grande mistero: e adesso squarciata dalle nuove costruzioni, con montagne d'immondizie e di fango intorno alle quali bisogna girare come allora le coppie giravano intorno al loro peccato e al loro dolore.

Cammina cammina si fa quasi buio: un punto rosso richiama il mio sguardo: è una finestra illuminata, o una macchia di sangue? È un taccuino di pelle, caduto senza dubbio a un passante. Mi chino a guardarlo: è nuovo e grande; forse quello di una donna, perché la donna smarrisce più facilmente dell'uomo la sua proprietà.

Lo prendo? Può contenere lo schema vecchio di un romanzo, può avere fogli intatti e servire. Io ho sempre avuto più paura di un albo per autografi che dei suoi microbi. Prendo anche questo, dunque, lo apro timidamente come si apre una porta sconosciuta. E non mi pento: è veramente nuovo, un albo finalmente mio, con un solo autografo, d'un autore che non conosco ma che sulle prime giudico destinato a diventare grande: la scrittura è minutissima eppure chiara e si legge anche nel crepuscolo, incisa in nero sulla pagina bianca come su una lapide.

RIVALITÀ

Non ho avuto paura di te finché ti sapevo giovine, bello, ricco; adesso so che tu soffri e temo che tu mi raggiunga.

Poi lascio ricadere il taccuino. Cose vecchie. Le conoscevamo già fin da bambini quando il medico di casa veniva a curare le nostre indigestioni e scriveva la ricetta sul suo taccuino staccandone poi il foglietto dentato e cattivo.

Piuttosto bisogna affrettarsi verso casa: l'ora dei ladri discende con quella dei sogni.

Mi rassicura la presenza qua e là poco distante in vista al mio cancello, di carabinieri, guardie regie e affini. Anzi un piccolo soldato è proprio di piantone rasente al cancello chiuso ed ho l'impressione, appena mi vede, che mi presenti le armi scostandosi per lasciarmi passare: il mio aspetto dev'essere per lui più formidabile di quello di Napoleone sdegnato.

E adesso capisco tutto: dietro le sbarre del cancello c'è la testa d'uccello in gabbia della mia serva, ci sono le sue labbra gonfie di sangue diciottenne, e sopratutto le gambe più potenti delle colonne di un tempio. È giusto che tutti quei gatti le stiano attorno, giusto per lei non per me, che tuttavia sento la gioia confusa del gatto che a sua volta ha trovato il topo.

L'aspetto dentro e finalmente la misura si vuota: io stessa mi meraviglio e m'impaurisco della violenza delle mie parole. Lei però ascolta beata e dura come un muro illuminato dal sole: nulla può offendere la felicità d'amore. E le mie parole mi rimbalzano contro come le palle elastiche dei fanciulli, finché le spingo a rotolare lontano e trovo anzi una scusa per mandar fuori la ragazza onde possa rintracciare il suo soldatino.

E finalmente apro la finestra per respirare. Il cattivo tempo si schiara, la luna sorge da una montagna di nuvole. La mia vicina di casa canta, e neppure lei mi dà più ai nervi: anzi l'ascolto con bontà. Il suo canto dapprima un po' greve piatto e incerto poi sempre più lieve e saltellante e infine armonioso e alato ricorda il posarsi dell'uccello a terra e il suo cercare beccando il suolo e lo svolazzare e infine l'improvviso volo e il ritorno nell'azzurro dell'aria.

CARBONE FOSSILE

Mai come quel giorno la signora poetessa s'era convinta che la schiavitù esiste ancora.

Il marito aveva ordinato una tonnellata di carbone fossile per il termosifone.

Aveva ordinato che questa montagna nera si movesse e venisse in casa perché la moglie quando soffriva il freddo era inaccessibile ad ogni sentimento d'umanità: ed anche perché le voleva bene: e passati erano i tempi quando per scaldarle le piccole mani di orientale se la stringeva al petto e raccoglieva le piccole mani indolenti nel cavo delle sue ascelle di lavoratore, riscaldandola tutta col fuoco del loro amore.

Era già d'autunno avanzato quando finalmente il carbone arrivò.

La signora era appena scesa in giardino per godersi la mattina bella e pura come la prima del mondo, quando la serva le annunziò che il carro col combustibile arrivava.

Ma il carbone non era contenuto nei sacchi come un tempo si usava, e il conduttore, carrettiere e non facchino, non poteva quindi, trasportandolo sulle sue spalle, scaricarlo in cantina: e perché il passaggio del carro non guastasse il viale d'ingresso, la signora ordinò che il veicolo entrasse dal cancello di servizio e non da quello padronale.

Di lì si poteva senza sciupare i viali arrivare alla finestra della cantina e scaricare il carbone a mano. È giusto che gli uomini non curvino più le spalle sotto il peso del benessere altrui. Si fanno pagare, è vero, più di quando curvavano le spalle, ma è giusto che sia così.

La signora, in fondo, come tutti i veri poeti, era comunista.

Per non distogliere la serva, che non chiedeva di meglio, dalle sue faccende, lei stessa andò ad aprire il cancello di servizio.

Quando fu spalancato, questo cancello lasciò vedere il quadro di un breve vicolo in pendìo, fra due muri di giardini e lo sfondo di una strada traversale.

Fra i ciottoli del selciato, argentei di brina, l'erba testarda sbucava vivida, orgogliosa di aver attraversato anche le connessure della pietra sotto cui era stata sepolta. Il carro rossastro del carbone appariva laggiù in fondo con la sua montagna nera, tirato da un cavallo scuro non molto grande ma forte e con la testa grossa e le zampe pelose: forse un incrocio di cavallo maremmano con qualche altro di razza diversa.

Le cose andarono bene fino a metà strada. L'uomo conduceva tranquillo il carro, e la signora guardava tranquilla dallo sfondo del suo giardino. La serva si affacciò a guardare dalla finestra con un piumino in mano, una mano così grossa che il piumino sembrava un fiore. Ma la padrona la ricacciò dentro con un solo cenno: perché se il poeta in lei era comunista, la padrona di casa era ferocemente fascista.

A questo punto le cose s'imbrogliano.

Il carro si ferma a metà strada, e sembra che la caparbietà dell'erba si comunichi con una potenza misteriosa alle zampe della bestia che la calpesta.

Non invano le erbe sono state sempre piene di sovrumani poteri.

In realtà la bestia non va avanti perché non può: è stanca, il carro è pesantissimo, e la strada selciata, in salita, è peggio di una strada di montagna. E di montagna è il silenzio che si fa intorno. Il carrettiere si è fermato anche lui, pensieroso, con lo sguardo smarrito entro di sé alla ricerca del come risolvere il problema.

Mai la signora, sebbene conosca i più grandi pensatori, ha veduto un uomo così.

Finalmente l'uomo si scuote dal suo raccoglimento, e dà un grido strano, gutturale e rauco, fra il nitrito del cavallo e il raglio dell'asino.

È la sua voce di richiamo alla bestia: e questa infatti si scuote: tutto intorno, il carro con le sue catene di galera, i finimenti, il carbone, il selciato stesso, tutto vibra.

Solo le zampe dell'animale non si smuovono: e i loro peli si confondono con l'erba nella comunione di un loro segreto.

Sebbene osservi tutte queste cose, la signora comincia a impazientirsi.

Contro chi? Contro il carrettiere, contro il marito, contro la guerra, contro l'inverno.

E anche contro sé stessa che, in fondo, è la causa di tutto.

Tu l'hai voluto, signora poetessa: tu che hai lasciato i paesi del sole per tuffarti in questa baraonda oceanica, dove chi non sa nuotare anche sott'acqua annega.

Ed ella già comincia a sentire i piccoli piedi della sua razza sedentaria che non conosce il mare, gelarsi come quelli del nuotatore che perde forza.

Eppure dell'erba calpestata sentiva pietà, e della povera bestia che aveva ragione a non andare avanti con quel peso superiore alle sue forze e su quella strada barbara.

Ella ha pietà delle bestie, dell'erba, di tutte le cose che non hanno voce per difendersi. Oh, per questo il suo cuore non è nido di passioni politiche, ma di semplice umanità.

La serva si riaffaccia, curiosa e ridente, scuotendo il piumino come per tirar su con quel gesto la disgraziata bestia che anche il carrettiere accarezza e tira per la briglia mormorandole all'orecchio parole di incoraggiamento e di amore.

In quel momento tutti sono buoni; la signora che vede nel carrettiere un suo simile, l'uomo che supplica la bestia, la serva che si diverte. La signora le permette persino di guardare.

Solo il signorino, che si alza dal letto in questo momento e spalanca la sua finestra accennando il motivo di Madama Fioraliso, veduta la scena si mette a ridere. E il suo riso di venti anni si fonde alla bella giornata, sopra quei disgraziati laggiù.

Ma la bestia non smuove neppure una zampa. Il carrettiere abbandona giù di nuovo le braccia e torna a raccogliersi, pensando.

Frutto della sua meditazione è un improvviso flusso di sangue che gl'infiamma il viso pallido e i dolci occhi celesti: anche i suoi capelli si fanno più rossi. Egli solleva la frusta e comincia a tempestare di colpi la bestia sulla schiena, sulle ginocchia, sulla faccia, rinnovando il suo grido rinforzato da una ferocia bestiale.

Così in un'antologia la signora ricorda di aver letto è il grido del leone.

La bestia scuote appena la testa per allontanare le frustate, senza dimostrare di soffrirne troppo, finché il terribile uomo non la percuote col manico della frusta sulle ginocchia e sugli occhi.

Allora sbatte un calcio contro il disotto del carro, quasi tentando di sbalzarlo in aria e liberarsene, poi finalmente ha un gemito umano.

La signora ricorda il sogno di Raskolnikoff, e grida al carrettiere:

- Andate via, andate via; non lo voglio più il vostro carbone.

L'uomo risponde, pieno d'angoscia e di sudore:

- Non è mio.

E continua a torturare la bestia.

- Bisognerebbe che passasse qualche signora della Società per la protezione degli animali.

- Bisognerebbe che passasse qualche carrettiere che mi desse una mano - risponde l'uomo.

Di nuovo si ferma poiché la bestia non si è smossa d'un passo: di nuovo medita.

Medita anche la signora. Non è vero, pensa, che la schiavitù sia scomparsa da questa terra: schiava la bestia dell'uomo, e l'uomo del suo simile più forte.

E noi gridiamo tanto, adesso, perché l'uomo che ha la forza fisica si fa pagare più di quello che ha la forza intellettuale: è giusto, o pare giusto; perché la sua schiavitù è maggiore.

Aspettò quindi pazientemente che l'uomo risolvesse il suo problema.

Problema che non si sarebbe mai risolto, poiché il carro non poteva neppure tornare indietro, se non fosse passato nella strada di sfondo un altro carrettiere.

L'uomo corse verso di lui: subito s'intesero e si misero all'opera. Uno tirava la bestia, l'altro spingeva or l'una or l'altra ruota.

Così il carro entrò nel giardino, mentre la signora si ricordava di aver letto anche questo in un libro: che solo l'uomo può essere di aiuto all'uomo quando questo dispera anche di Dio.

Qui comincia il secondo atto del dramma. La donna e l'uomo si guardarono. Egli si asciugava il sudore col dorso della mano, e anche lei si sentiva stanca di star lì dove cominciava a batter l'aria di tramontana.

- Be' - domandò spiccia e chiara. - Il carbone si scarica qui o in cantina giù per la finestra?

- Qui, qui - disse l'uomo. - Non ho tempo.

Poi chiese di vedere la finestra della cantina.

- Badate - osservò la signora, conducendolo: - qui il viale svolta ad angolo e il passaggio del carro mi sembra difficile. Guardate bene prima di decidervi: a me piacciono le cose chiare.

L'uomo guardava l'angolo dove i due viali, piuttosto stretti, s'incontravano: uno era quello percorso da loro, l'altro si stendeva sotto la facciata della casa e proseguiva diritto fino al cancello padronale.

- È difficile - disse, come parlando all'angolo, però non si decideva a dire di no.

- Be' decidetevi.

Egli calcolò. Calcolò che una buona mezz'ora se ne sarebbe andata nella faccenda: e poiché era un uomo mezzo onesto, disse che ci voleva un'ora.

- Mi darà venti lire.

- Va bene: ma sia una parola.

E la signora entrò per le sue faccende, lasciando all'uomo ogni responsabilità. Guardò l'orologio: erano le dieci.

Dopo pochi minuti sentì il grido strano dell'uomo per aizzare la bestia e capì che si trovava di nuovo davanti a un mistero.

Aprì la finestra del corridoio e vide infatti una cosa straordinaria.

Il carro era di nuovo fermo, nell'angolo fra i due viali, e la bestia, dura e rigida come le due stanghe che la imprigionavano, non si moveva più. Pareva cieca, sotto i suoi occhiali di cuoio, o peggio ancora morta.

L'uomo rinnovava tutti i suoi tentativi di dolcezza, poi di astuzia e di violenza ma non riusciva a smuoverla. E qui davvero né Dio e neppure il carrettiere potevano aiutarlo.

Allora egli pensò di scaricare lì il carbone.

Lì? Proprio nel posto che meglio si vedeva dal cancello padronale, dove si fermavano le automobili delle grandi dame che visitavano la poetessa come una loro pari?

- Se non scaricate il carbone in cantina non vi pago - ella disse all'uomo, con la fredda crudeltà dei dominatori.

L'uomo non rispose, non si rivoltò contro di lei, poiché il patto era quello; ma se la prese con la bestia.

Fu una cosa indimenticabile, indescrivibile. Egli balzava e si piegava, d'un tratto divenuto elastico e quasi incorporeo: graffiava e supplicava la bestia, chinandosi davanti a lei a mani giunte: tentava di aiutarla e la percuoteva a sangue. E bestemmie inaudite uscivano dalla sua bocca. Anche la bestia cominciò ad agitarsi dentro la sua gabbia di ferro che le indicava la via ma non le permetteva di percorrerla, e dava calci e nitriva, coi peli della criniera agitati come serpenti.

Era, fra quei due, un movimento diabolico, un grido di esasperazione non più umano.

E dapprima la donna rise, d'un riso che le riempì gli occhi di lagrime, anche perché dietro di lei la serva rifaceva il verso dell'uomo: «non ho tempo!» poi rabbrividì: il carrettiere aveva tratto il coltello; e in quella lotta che non aveva più forma, ella vedeva solo il movimento delle passioni umane e bestiali, spinte fino alla morte: e l'inferno quale lo sogna l'uomo nei suoi deliri di espiazione e di sete di giustizia.

- Scaricate pure lì - disse all'uomo.

L'uomo si fermò, esaurito. Aprì quasi inconsciamente i lati del carro, che la signora aveva creduto di legno ed erano di ferro; poi andò giù in cantina, prese una cesta e un po' per volta portò giù il carbone sulle sue spalle.

Quando finì era mezzogiorno. Egli non domandò nulla, ma la signora gli diede trenta lire e un bicchiere di vino.

E finalmente anche lei, che sentiva più che l'uomo la stanchezza di lui, pensò di riposarsi: ma al suo posto favorito, che era una vecchia cassa rovesciata nel sottoscala della loggia sul giardino, trovò la sfinge nera del suo gatto.

Il gatto aveva assistito a tutto il trambusto senza smuovere neppure gli occhi d'opale, anzi profittando dell'assenza della padrona per prenderne il posto.

E all'urto della mano di lei che lo scacciava, si restrinse verso l'estremità della cassa, come per farle posto, e le si addossò: nel mondo, e specialmente nel mondo delle visioni, c'è spazio per tutti.

La padrona si scaldò al contatto della pelliccia del gatto calda di sole e provò un senso di felicità; si smarrì nella gioia della natura: fu tutta una cosa col sole che concentrava i suoi raggi sotto la breve volta: tutta una cosa col giardino roseo e giallo, e con le foglie del convolvolo che palpitavano sulla cancellata, sospese sull'azzurro dell'orizzonte, più rosse del cuore che arde d'amore: tutta una cosa con l'arco del sottoscala, ponte poggiato sui due punti estremi del sogno e della realtà.

La riscosse il rumore d'un volo frusciante come quello di un minuscolo dirigibile.

Un uccellino iridato si abbatté accanto a lei; e il gatto già gli era balzato contro con uno slancio feroce: l'uccellino volò via prima d'essere preso, si smarrì fra i colori del giardino riflettendoli tutti nelle sue ali di velo nero.

Il gatto gli corse appresso, saltò sul muro della cancellata; lì si raccolse un momento, impotente e deluso; poi tornò presso la padrona che rideva poiché l'uccellino era una cavalletta.

Poi anche tutto il giardino si smosse. Il vento di tramontana soffiava dall'angolo ove s'era fermato il carro: e le foglie rosse si sciolsero, e caddero a mille a mille quelle della robinia. Quelle che erano già secche per terra si animarono con un movimento prima di danza poi di fuga: ed erano di un colore fra di sole e di terra, e non rassomigliavano ad altro che a foglie secche spinte dal vento, eppure avevano qualche cosa di vivo, più che sulla pianta, ma prese anche esse da una follia di dispersione, di ritorno al nulla.

Il gatto balzava di nuovo, appresso a loro, tentando di afferrarle a volo, con un gioco grazioso di animale felice; finché il vento gelato non persuase lui e la padrona a rientrare in casa.

Nel terzo atto siamo a tavola, moglie, marito e figlio, nella chiara e fredda stanza da pranzo.

Sul popolo di stoviglie e sul paesaggio della fruttiera, i due poeti della tavola, la boccia del vino e quella dell'acqua, chiudono il primo in sé ma in agguato il suo cupo fuoco e l'altro il riflesso delle cose intorno e anche del suo compagno in una deformazione luminosa di colori che riversa intorno con un'iride meravigliosa.

Siamo di nuovo in un cerchio magico di felicità: la donna sopratutto è contenta, sebbene senta freddo. Oramai il problema dell'inverno è risolto, con quella miniera in cantina, e davanti a sé ella vede un'eterna primavera anche perché ha di fronte il figlio.

E parla ridendo dell'avventura del carbone, raccontando l'avidità crudele dell'uomo e l'inaudita resistenza della bestia.

- Pareva un simbolo, quel povero cavallo.

- Ma se era un mulo, mamma!

Ella rimase male, anche perché i due uomini la canzonavano; poi reagì:

- Che importa? Io lo credevo un cavallo. Tutto sta nella sostanza, non nella forma. E quel carbone che è duro e nero e viene dalla fredda profondità della terra non è forse fuoco?

- Con la volontà dell'uomo - disse il padre.

- Con la necessità - disse il figlio.

E qui si comincia a discutere.

Problemi e problemi che di gradino in gradino conducono all'infinito. Per risolverli bisogna dimenticarli, e si dimentica solo col dormire, e neppure così poiché ritornano in sogno.

Ad ogni modo la signora pensò di coricarsi un poco come del resto faceva tutti i giorni.

Nella sua camera il letto era coperto dal drappo del sole; ella però sapeva che il sole fa male, nel dormire, e si stese al buio sotto la coperta di lana.

E ricordando le vaste solitudini della patria, e gli avi che per necessità di vita sacrificarono a loro stessi l'agnello che pure amavano, e nutriti della sua carne e riscaldati dalla sua lana per riconoscenza ne formarono la realtà di Dio; e si valsero dei cavalli selvaggi per vincere il mistero delle lontananze; e sulle alture costrussero i nidi di pietre dove traevano il fuoco dalla selce, e dormivano presso i loro morti per succhiarne nel sonno la sapienza eterna e risvegliarsi più vivi, a poco a poco si scaldò col calore del suo cuore e si addormentò.

IL CIPRESSO

Un giovane cipresso cresceva rasente al muro divisorio fra il nostro e l'orto del vicino.

Questo vicino era l'uomo più metodico e tranquillo che vivesse in tutta la contrada. Sebbene ricco era impiegato del Comune, e quattro volte al giorno lo vedevo passare, quando andava e ritornava dal suo ufficio, in modo che da lui si sapevano le ore; anche le stagioni si conoscevano dal suo vestito, nero d'inverno, grigio di primavera e d'autunno, e giallo, di tela grezza, d'estate.

Come fosse il suo viso, a dir la verità, non lo so: so che si parlava spesso di lui, in casa, con ammirazione un po' condita d'ironia e d'invidia, additandolo come l'esempio perfetto dell'uomo normale, quieto, senza vizî: per questo non mi interessava.

Mi interessava solo quando, di tanto in tanto, andava a caccia: perché era un famoso cacciatore di cinghiali mufloni e cervi.

Allora venivano a cercarlo gli altri grandi cacciatori che non erano neppure amici suoi né fra di loro, ma ogni tanto si riunivano in bande armate come per andare alla guerra.

La contrada si animava di voci, di scalpitii di cavalli, di giochi e latrati di cani, e una gioia feroce gonfiava l'aria: e a me veniva da piangere di commozione epica, col libro di scuola in mano, all'ombra mite del cipresso dell'orto.

«Quando da un poggio aereo...» poiché già il velo brillante della letteratura fluttuava fra la mia fantasia e la realtà: e anche il nostro allampanato vicino di casa, sul suo cavallo da caccia che serviva anche per tirare la macina delle olive, diventava un eroe.

Del resto a quell'età si è tutti un po' visionari; e le passioni più profonde che hanno radici in terra ma tendono verso l'infinito, si provano solo nell'adolescenza.

L'ambizione era la mia passione di quel tempo: diventare grande, conquistare il mondo. In che consistesse questa conquista non lo sapevo e ancora non lo so. E la presunta grandezza già si nutriva di dolore al solo pensiero di doversi un giorno staccare dalla solitudine e dal silenzio che rivelavano, destandolo, all'anima inquieta, il solo perché della sua esistenza: l'amore per le cose eterne.

Le ore più belle della giornata le passavo sotto il giovine cipresso che dall'oppressione del muro al quale il suo tronco era quasi incastrato, si slanciava sul cielo aperto d'oriente, leggero come un grande fuso col suo rigonfio di seta verdone dal quale io traevo un inesauribile filo di sogni.

Avevo costrutto un piccolo sedile accanto al tronco e lì stavo tranquilla: e l'albero viveva con me, fianco a fianco, respirando la stessa aria, crescendo con me. E naturalmente io amavo me stessa in lui, e le cose mie, interiori e materiali, che portavo al rifugio della sua ombra e che la sua ombra rendeva più mie. Dapprima furono i giocattoli, poi i libri di scuola, poi i lavori di ricamo che credo siano stati insegnati alla donna per frenarne le inquietudini, e queste inquietudini, e le rivelazioni prime e più grandi della vita.

Tutte le romanticherie dell'adolescenza si avvolgevano come tralci di edera all'albero amico: i primi versi furono per lui: da lui mi pareva spuntassero, nei verdi crepuscoli, la luna e le brillantissime stelle delle notti insulari; e il canto dell'usignuolo fosse il suo stesso canto.

E speravo di essere sepolta alla sua ombra; ma il pensiero della morte non offuscava quello della vita, poiché intanto quell'ombra era buona a leggervi di nascosto le prime letterine d'amore.

Gli anni però passavano e l'albero dei sogni rimaneva sterile. Le cose piccole erano come le cose eterne: non mutavano mai; e questo dava un senso di morte.

Solo il cipresso cresceva con uno slancio robusto che pareva dovesse innalzarlo fino alle stelle.

La sua ombra attraversava, nel pomeriggio, tutto l'orto del nostro vicino, e nuoceva ai suoi cavoli fiori che avevano davvero un colore cadaverico. Un'ombra funebre, del resto, pareva stendersi su tutto e su tutti: anche sul vicino di casa, sempre più allampanato e come spaurito della sua solitudine, e sulla sua casa umidiccia e silenziosa; e anche da questa parte del nostro orto che mi pareva s'impicciolisse e inselvatichisse, e sulla casa che invecchiava e su di me che vedevo sparire invano gli anni più belli della fanciullezza.

Lo stesso passare del nostro vicino rasente la mia finestra, quel passare e ripassare lento, alle stesse ore, sempre eguale come quello della lancetta sulle cifre dell'orologio, mi dava un senso di morte: e l'anima si assonnava, si ripiegava su sé stessa, pigra e rassegnata e forse anche felice del suo assopimento come il gatto attortigliato su sé stesso sopra la pietra calda del camino.

Un solo avvenimento straordinario accadde l'ultimo inverno che passai a casa mia. Una mia cugina si sposò, ed a me e a un'altra cugina toccò di accompagnarla come damigelle di onore.

Nel corteo lampeggiante di colori, di velluti e broccati, c'era anche il nostro vicino di casa: vestito di nero, alto al di sopra di tutti, mi ricordava il cipresso sopra l'orto fiorito.

Eppure fu uno dei più allegri della compagnia: suonava la chitarra e cantava, ma pareva lo facesse solo per destare il riso nelle ragazze che ascoltavano le sue canzonette d'amore.

A tavola me lo trovai vicino; e mi sarebbe rimasto come sempre indifferente se egli, senza mai volgersi a guardarmi, non avesse cominciato a parlarmi sottovoce come parlasse fra di sé.

E con terrore appresi che egli sapeva tutto di me; la mia età, le mie abitudini, i miei sogni ambiziosi, la mia disperazione rassegnata di non raggiungerli mai.

- Ma chi le ha detto tutto questo?

- Chi? Il suo amico.

- Io non ho amici.

- Lei ne ha uno del quale farebbe bene a liberarsi.

- Non capisco.

- Capisco bene io. Lei ne ha uno che le fa perdere inutilmente il tempo, e fa ombra pure a me.

- Beh! Il cipresso!

- Proprio il cipresso.

Egli si versò da bere, senza guardarmi: vidi la sua mano bianca velata di peli aprirsi come la zampa del gatto quando afferra la preda: ghermì il bicchiere pieno, lo rimise vuoto battendolo un poco sulla tavola, con decisione rabbiosa.

- Tagli il cipresso, - mi disse senza alzare la voce, - anche a mia madre fa dispiacere vederlo; dice sempre: finché ci sarà quell'albero la vita non entrerà in casa nostra né in casa loro. Vorrei veder morire contenta mia madre: ha lavorato molto nella sua vita, e adesso è vecchia. E s'invecchia pure noi, io e lei, dico, signorina. Che si fa? Tagli il cipresso e leviamo il muro di divisione.

- Ha capito? - mi domandò dopo un momento durante il quale mi parve ch'egli stesse a spiare col suo fine udito di cacciatore i battiti del mio cuore.

Ma io non risposi se non con quei battiti: ed egli era un uomo troppo astuto per non intenderli.

E da quel momento sentii di avere al fianco un nemico.

Più che la sua cominciò a darmi pensiero l'inimicizia della madre.

La madre io la conoscevo ancora meno del figlio, sebbene un muro solo dividesse le nostre case: non usciva che due volte all'anno, per andare a compiere il precetto pasquale e per comprare, nel miglior negozio del paese, la tela, il panno, le cose necessarie per tutta l'annata: una terza volta, dicevano le serve maldicenti e beffarde, sarebbe uscita per andare a chiedere la mano di sposa per il figlio.

Ed ecco un giorno di febbraio, il primo bel giorno dopo il lungo sinistro inverno, mentre sto alla finestra a far l'amore col sole, vedo la porta dei vicini aprirsi e uscirne la vecchia.

Era alta e secca anche lei come il figlio, vestita di panno e velluto nero, con la spaccatura delle maniche e il petto gonfi della bianchezza abbagliante della camicia: e anche lei mi ricordò il cipresso in parte carico di neve.

E al suo primo passo mi domando fulmineamente dove mai va: al secondo mi rispondo che Pasqua è ancora lontana, e al terzo che è troppo presto per fare le compere: al quarto impallidisco e il cuore mi si ferma col fermarsi della vecchia alla nostra porta.

Ella veniva a chiedere la mia morte.

Poiché, infine, il figlio era un ottimo partito, e le ragazze potevano ridersi delle sue canzonette d'amore, ma non rifiutarlo per marito.

E aspetto che mi si chiami giù per ricevere la terribile vecchia: i minuti passano, nessuno mi chiama: io credo di essere stata soggetta ad un'allucinazione; ma no, l'uso è così; la ragazza non deve essere presente all'atto della domanda di matrimonio: viene interpellata dopo; poiché si deve rispondere con calma, con giudizio, anche se la domanda è ottima, per salvare le forme.

Vedo infatti andar via la vecchia, e quando scendo mi avvedo che tutti sono un po' scuri in viso, come disillusi: io non parlo, aspetto, fiutando l'aria ove mi sembra che la vecchia abbia lasciato un odore di tristezza.

Finalmente, alla sera, quando si è tutti riuniti intorno alla tavola come per un consiglio di famiglia, conosco il segreto. La vecchia è venuta per chiedere che sia tagliato il cipresso.

Si discute. Chi dà ragione ai vicini, anche per antipatia al cipresso, chi si oppone perché quello dei vicini pare un atto improvviso d'inutile prepotenza. Essi è vero, sono forti della legge che anche alle piante impone una doverosa distanza dalla proprietà del vicino; ma perché si sono ricordati adesso della legge?

Lo so io, il perché: e vado fuori a salutare il mio amico, la cui sorte e la mia sono davvero adesso unite da un invisibile filo. L'albero però sembra stranamente rallegrarsi della notizia: nella notte ancora fredda ma già solcata da un puro odore di giunchiglie, l'aureola perlata che lo circonda pare emanata dai suoi rami tutti tesi al cielo; e a poco a poco sulla sua cima brilla la fiamma della luna che lo trasforma in un meraviglioso candelabro.

Io appoggio la testa al suo tronco, per prendere forza e consiglio: e lui mi dice di tacere, di resistere e aspettare.

Anche l'uomo, di là dal muro divisorio, taceva e aspettava. Sentivo bene che aspettava, nascosto, con pazienza selvaggia come quando era in agguato fra i lentischi ad attendere la cerbiatta felice dei monti.

Ma io non ero la felice perché inconscia cerbiatta dei monti, e lui lo sapeva: e se giocava la caccia a quel modo, prendendo di mira il cipresso perché sapeva che sotto la corteccia del cipresso circolava il sangue dei miei sogni, era per orgoglio, per salvarsi da un rifiuto; per orgoglio, ed anche forse per romanticismo: e in fondo l'orgoglio non è, in certi casi, una forma di romanticismo?

Egli voleva salvare la sua posizione davanti alle altre donne, e anche davanti agli uomini e sopratutto davanti a sua madre che lo considerava come un grande uomo e pure sapendo il segreto del gioco ci si prestava con dignità e fierezza.

Ecco che dopo quindici giorni ritorna; sempre vestita di gala come appunto per ricevere la risposta a una domanda di matrimonio.

Io l'aspettavo: con terrore, con odio e coraggio. Questa volta scendo senza essere chiamata, e la ricevo io, con cortesia fredda e crudele che le fa capire subito di trovarsi con una avversaria degna di lei.

Sono io a interrogarla.

- Ma perché volete che si tagli l'albero? Che noia vi dà?

- Inumidisce l'orto; non lascia crescere la verdura.

- Ma che bisogno avete voi di due cavoli, voi che siete la più ricca del paese e avete il petto gonfio e tutti i nascondigli di casa vostra pieni di denari?

Ella sorride lusingata, palpandosi istintivamente il seno, come del resto faceva spesso, perché in realtà ci aveva nascosto un tesoro.

- Il denaro non conta nulla, figlia mia: conta il sole, l'allegria, la gente. E neppure i bambini delle mie nipoti vengono più nel mio orto perché hanno paura di raffreddarsi, con quell'ombra mortale.

- Peggio per loro: vuol dire che non sono forti e non sono intelligenti.

Capiva? Non saprei dirlo: so che mi guardava coi suoi grandi occhi ancora limpidi; mi guardava come dalla profondità di uno specchio, con una espressione ingenua di compatimento.

- I miei nipotini sono forti e intelligenti, e Dio volendo, studieranno anche loro e andranno lontano. I maschi, dico, perché le femmine devono stare a casa, a lavorare, ad amare la famiglia, a far bei figli e godersi in pace i beni che Dio ci manda. La felicità è dentro casa.

Io non replico: a che serve? Anche lei capisce che bisogna tornare sull'argomento principale.

- Quest'albero, dico il vero, mi ha sempre dato tristezza. È l'albero dei morti, infine: il suo seme deve essere volato qui dal cimitero; e porta disgrazia. Io direi di tagliarlo con le buone, di comune accordo, e farci un bel fuoco la notte di San Giovanni.

- Perché non ci avete pensato prima?

- Che vuoi? Finché non si è ben vecchi non si hanno certe ubbie e non si pensa alla morte.

- Ah, - penso io, - e adesso che avete paura di morire volete metterci me, al vostro posto, a uscire di casa tre volte l'anno, per custodire, il resto dell'interminabile tempo, il vostro inutile tesoro?

- Io sono giovane e ubbie non ne ho: e voglio vivere, e possedere il mondo - le dico con voce così alta che ella si tappa comicamente le orecchie. - Il cipresso non lo tagliamo, no, perché a me piace: a me vedete, sembra invece l'albero della fortuna, e voglio tenerlo.

- Va bene, - ella disse sottovoce: - ma tu conosci la legge?

- La legge me la faccio io.

Ella non replicò: si alzò, piano piano, come per farmi veder meglio come era alta: era alta, sì, davanti a me piccolina, e rigida e forte della sua dura vecchiaia: non le mancava che un codice in mano per rappresentare la legge.

Un mese dopo venne l'usciere con la carta bollata che domandava la morte dell'albero.

Fu la volta che tutti in casa si trovarono d'accordo a resistere alla pretesa del vicino: si cominciò dunque la lite, e dapprima gli avvocati, poi il vice pretore e i cancellieri vennero a fare il sopraluogo.

L'albero se la godeva nella primavera dolce che gonfiava e lucidava le sue foglie austere: non era mai stato così rigoglioso; e odorava di ginepro: quella che soffriva ero io e a volte m'irritavo per la sua impassibilità.

Almeno si fosse decisa presto la sua sorte! La sentenza tardava, le udienze venivano sempre rinviate.

Solo in settembre il pretore sentenziò che nel termine di giorni trenta l'albero venisse abbattuto.

Allora si presentò un falegname che offrì di comprare il legno e versò i denari anticipati.

Per non assistere al delitto presi una decisione disperata: andar via, per qualche tempo, in una città. Ed era per me come il viaggio di uno che per dimenticare una sua passione combina una pericolosissima spedizione in terre inesplorate.

Ricordo la sera dell'addio: il cielo era già d'una glauca trasparenza invernale, con fredde luminose nuvole di rame: e l'albero vi si appoggiava con un senso di misteriosa rilassatezza come di uno che dorme in piedi addossato a un muro.

Ed io vi stetti sotto, piangendo il passato morto, ma partecipando a quell'abbandono nell'infinito, come quando sotto i cipressi dei cimiteri il dolore pei nostri morti si riposa nel pensiero dell'eternità.

E fu durante quel breve viaggio, alle cui spese concorsero anche i soldi ricevuti per il cipresso, che tutti i sogni mi vennero incontro, fatti realtà: l'amore, la fama, la vita nella grande città: e tutte le strade del mondo si aprirono come una raggiera intorno a me.

IL CANE

Nel felice mattino in riva al mare ho incontrato oggi un cane.

Tre contadini sedevano sulla sabbia, con a terra l'ombrello chiuso, le sporte, le scarpe che fanno pesante il cammino.

Il cane stava davanti a loro, fermo con le zampe nell'acqua, e attraverso le sbarre della museruola fissava le lontananze del mare come un prigioniero.

Passando anch'io scalza nell'acqua lo guardai; poiché mi piace guardare negli occhi le bestie più che gli uomini che mentiscono.

Il grande cane mi guardò: aveva gli occhi verdi e dolci e una giovane faccia leale: e il dorso alto grigio macchiato di continenti bruni come una carta geografica.

Intese subito la mia disposizione di spirito, buona perché era buono il tempo e il mare calmo, e mi seguì.

Sentivo i suoi passi nell'acqua, dietro di me, come quelli di un bambino; mi raggiunse, mi toccò lievemente col muso per avvertirmi ch'era lì, e come per chiedermi il permesso di accompagnarmi.

Mi volsi e gli accarezzai la testa di velluto; e subito ho sentito che finalmente anch'io avevo nel mondo un amico.

Anche lui parve lieto di qualche cosa nuova: di pesante si fece leggero, corse davanti a me quasi danzando nell'acqua donde le sue zampe pulite emergevano fra nugoli di scintille: e di tanto in tanto si fermava ad aspettarmi, volgendosi per vedere s'ero contenta di lui.

I suoi occhi erano felici, come credo fossero i miei; avevamo entrambi dimenticato molte cose.

E il mare ci accompagnava terzo in questa bella passeggiata, anch'esso oblioso delle collere che troppo spesso, ma non più spesso che a noi, lo sollevano. E le onde giocavano coi nostri piedi.

E anche l'immagine del sole, nell'umido specchio della riva, ci precedeva ostinata a non lasciarsi raggiungere né guardare.

Due giovani alti passarono reggendo per le braccia come un'anfora una piccola ragazza bionda: poi più nessuno.

Si andò così fino a un luogo lontano, un cimitero di conchiglie: conchiglie morte sparse come ossa in un campo di battaglia.

Pare di essere all'estremità della terra, dove l'uomo non arriva: l'orma sola degli uccelli svolge lunghi merletti serpeggianti sulla duna immacolata.

L'uomo qui non arriva; eppure si ha paura di incontrarne uno; bisogna tornare indietro, dove si è in molti, e l'uno ci guarda dal male dell'altro.

Ma il cane va ancora avanti per conto suo, anzi balza in terra e si avvoltola nella rena, gioca con un fuscello, si stende in su, col ventre nudo fremente, le zampe che pare vogliano abbrancare il cielo.

Ho l'impressione che si sia già dimenticato di me e voglia star solo con la sua folle gioia di libertà: ho come sempre giocato con la mia fantasia a crederlo d'intesa con me.

E torno indietro sola; ma ho fatto pochi passi che sento un galoppo nell'acqua: la bestia mi raggiunge, mi sorpassa, si volge e senza fermarsi mi guarda: e mai ho veduto uno sguardo più supplichevole.

- Non mi lasciare, - dice quello sguardo, - se mi vuoi vengo con te, anzi ti precedo per farti sicuro il cammino e per arrivare prima di te dove tu devi arrivare.

Questo cane dunque è mio: se non è dei contadini è certamente mio: e voglio prenderlo; gli farò custodire il giardino, e nelle ore di solitudine ce ne staremo assieme all'ombra di un albero, paghi della nostra amicizia. E gli farò custodire anche la casa.

Così penso; poiché da piccoli calcoli, come i bei fiori dai loro semi, nascono le nostre generosità.

Il cane adesso mi veniva accanto, misurando il suo passo col mio: a volte si fermava e annusava le alghe, poi guardava il mare scuotendo le orecchie: cercava senza dubbio qualche cosa, a misura che tornavamo giù. Se io però gli accarezzavo la testa sollevava gli occhi e mi prometteva fedeltà.

Arrivati dov'erano i contadini si fermò, immobile, con le zampe nell'acqua, gli occhi, attraverso le sbarre della museruola, fissi nelle lontananze del mare. Pareva un prigioniero tornato nel carcere dopo una breve fuga.

- È vostro? - domando ai contadini.

- No, signoria; credevamo fosse suo. Si vede che ha perduto il padrone.

E per quanto lo tentassi non volle più seguirmi poiché adesso non si trattava più di giocare. Lì aveva perduto il padrone, e lì rimase ad aspettarlo.

Quante cose tu mi hai insegnato oggi, o grande cane dai verdi occhi che dunque sanno mentire come quelli degli uomini!

E fra le altre m'insegni che bisogna fermarci dove ci siamo smarriti, e solo giocare con le illusioni che passano, aspettando che il nostro unico padrone, la nostra coscienza, venga a riprenderci.

FINE